Michel Tournier

Journal extime

Édition revue par l'auteur

Gallimard

Né en 1924 à Paris, Michel Tournier habite depuis quarante ans un presbytère dans la vallée de Chevreuse. C'est là qu'il a écrit *Vendredi ou les limbes du Pacifique* (Grand prix du roman de l'Académie française) et *Le Roi des Aulnes* (prix Goncourt à l'unanimité). Il voyage beaucoup, avec une prédilection pour l'Allemagne et le Maghreb. Il ne vient à Paris que pour déjeuner avec ses amis de l'Académie Goncourt.

pour Serge Koster

Il y a longtemps que j'ai pris l'habitude de noter non seulement les étapes et incidents de mes voyages, mais les événements petits et grands de ma vie quotidienne, le temps qu'il fait, les métamorphoses de mon jardin, les visites que je reçois, les coups durs et les coups doux du destin. On peut parler de « journal » sans doute, mais il s'agit du contraire d'un « journal intime ». J'ai forgé pour le définir le mot « extime ». Habitant la campagne depuis près d'un demi-siècle, je vis dans une société d'artisans et de petits paysans peu attentifs à leurs états d'âme. Ce « journal extime » s'apparente au « livre de raison » où les modestes hobereaux de jadis notaient les récoltes, les naissances, les mariages, les décès et les sautes de la météorologie. Je salue au passage Michel Butor qui a, je crois, fait mieux que mon « extime » en opposant l'*exploration* et l'*imploration.* La première correspond à un mouvement centrifuge de découvertes et de conquêtes. L'imploration au contraire à un repliement pleurnichard sur nos « petits tas de misérables secrets », comme disait André Malraux.

Tout cela ne mériterait sans doute pas d'être publié si ces pérégrinations, examens du ciel et visites données ou reçues ne s'accompagnaient pas de traces écrites, notules, gloses et autres incidentes. C'est que les choses, les animaux et les gens du dehors m'ont toujours paru plus intéressants que mon propre miroir. Le fameux « Connais-toi toi-même » de Socrate a toujours été pour moi une injonction vide de sens. C'est en ouvrant ma fenêtre ou en passant ma porte que je trouve l'inspiration. La réalité dépasse infiniment les ressources de mon imagination et ne cesse de me combler d'étonnement et d'admiration.

Découvrir, inventer, créer, il y a une affinité profonde entre ces trois démarches. Inventer, c'est étymologiquement *invenire :* aller à, c'est-à-dire découvrir et créer. Rappelons qu'en termes juridiques celui qui « découvre » un trésor, s'appelle « l'inventeur » de ce trésor. Et il est bien vrai qu'avant son intervention, le trésor n'existait pas. C'est sa découverte qui l'a fait exister avec en plus un effet rétroactif.

Il en va de même des pays et des paysages. Sans l'œil qui les regarde, existeraient-ils ? Que faisait donc l'Amérique avant Christophe Colomb ? Et ces terres nouvelles ne doivent-elles pas leur visage à l'esprit et à l'âme du « découvreur » ? Le problème n'est ni mince ni récent, c'est celui de la connaissance.

Reprenant mes « journaux extimes », j'ai donc émaillé les douze mois d'une année reconstituée de découvertes, observations et anecdotes nées sous mes pas. Comme dans les scènes populaires évoquées par les dessinateurs et les graveurs du Moyen Âge, le lecteur rencontrera plus d'une fois la silhouette encapuchonnée de Madame la Mort, compagne obligée de notre cheminement. Elle donnera, je pense, un écho plus profond aux occasions de rire qu'offre également ce petit livre.

JANVIER

Chaque année a lieu début janvier une curieuse fête à Heusenstamm, près de Francfort, à l'est de Neu-Isenburg, dans la salle de gymnastique du collège : la vente aux enchères des bagages perdus et non réclamés par des voyageurs de la Lufthansa. La police les a scellés après les avoir fouillés pour s'assurer qu'ils ne contiennent ni armes, ni drogues, ni cadavres. Les acheteurs éventuels en revanche ne peuvent connaître leur contenu. L'objet leur est montré et son poids est annoncé. Mais aussitôt acquis, le bagage est ouvert, vidé et son contenu exhibé devant un public hilare. C'est la pochette-surprise. C'est aussi la plongée dans une vie privée, la découverte d'un destin reconstitué à travers les objets plus ou moins intimes, révélateurs, promiscus.

Sculpture-architecture. Étroitement liées. Il est possible de définir chaque type d'architecture par sa relation avec un type de sculpture ou par son exclusion de toute sculpture. Si l'on prend comme exemple l'ensemble formé au bord de la Seine par le palais de Chaillot et la tour Eiffel, il est clair que la Tour exclut absolument toute sculpture, alors que Chaillot par son néoclassicisme appelle impérativement un ensemble de statues. De même l'arc de triomphe de l'Étoile ne pourrait se passer des quatre hauts-reliefs de ses piliers, ni l'arc du Carrousel de son quadrige. Tandis que l'arche de la Défense se montre tout à fait anti-sculpturale.

Échographie cardiaque à l'hôpital de Bligny. Examen anodin n'était le vilain bruit de chasse d'eau que l'appareil fait entendre comme étant le bruit de mon cœur. L'examen révèle une nette hypertrophie.

Je trouve cela plutôt flatteur. Un cœur gros comme ça ! Et puis, n'est-ce pas, il y a deux morts : la mort sale par le cancer et la mort propre par le cœur. Il me plaît d'être apparemment promis à la mort propre.

Bourrasque d'une rare violence. Les toits des maisons s'envolent. Les arbres se couchent sur les routes. Nous sommes privés d'électricité. Les trois pins maritimes qui bordent le mur de la rue sont gravement malmenés. Il faudra me résoudre à les faire couper. Je les remplacerai par des bouleaux. Le très vieil églantier qui poussait contre la margelle du puits a été également arraché. C'était le dernier de mon jardin, sans doute un rosier revenu à l'état sauvage. Je regrette cet arbuste essentiel aux fleurs d'une finesse exquise et aux fruits appelés cynorrhodons (roses de chien) ou plus populairement gratte-cul en raison du poil à gratter qu'on en extrait (en allemand *Hagebutte)*. On peut en faire de la soupe ou de la confiture. Mais ma toiture que j'inspecte n'a pas une blessure.

Dès le lendemain une équipe d'élagueurs vient amputer l'un de mes pins de branches tordues qui menacent la rue et les fils du téléphone. Beauté des bûches rosés et parfumées, d'une densité parfaite, je veux dire ni trop lourdes — comme le serait un objet de ce volume en pierre ou en métal —, ni trop légères — comme le serait du bois mort et sec. Curieux concept que celui de *poids parfait* qui mêle la quantité et la qualité.

Je montre à un tapissier la moquette de mon grenier qui est décolorée à l'abord de la lucarne. « Ce sont des frappures de lune », me dit-il. Et il m'explique que la lumière de la pleine lune a pour effet de faire tourner les tapis à un gris qui s'apparente à un écran de télévision éteint. Je juge cela un peu trop beau pour être croyable.

Une jeune femme marocaine m'apporte le manuscrit d'une thèse qu'elle vient d'écrire et une photo représentant deux bébés, Ismaïl et Mohcine Essaouri. Sujet de la thèse : le thème de la gémellité dans l'œuvre de Michel Tournier. « Je faisais cette thèse, me raconte-t-elle, quand je me suis trouvée enceinte. J'achève mon manuscrit et j'accouche de ces deux jumeaux. »

Je lui ai juré que je n'étais pour rien dans cette naissance double.

Elle me raconte aussi que, dans les villes marocaines du Sud où les femmes sont claquemurées chez elles par la tradition, elles communiquent entre elles par la couleur et la nature du linge qu'elles mettent à sécher aux fenêtres et sur les terrasses. C'est un code secret auquel les hommes n'entendent rien.

Idée de roman. Titre : *Oh maman!* Un adolescent pleure sa mère qui vient de mourir et évoque leur vie commune. Mais peu à peu et par des détails insolites, on s'aperçoit que cette mère était un homme. En réalité la vraie mère avait plaqué son amant en lui laissant leur enfant. L'amant — devenu fils-père — avait assumé le rôle de mère de l'enfant. L'enfant l'appelle alternativement papa ou maman selon le rôle qu'il assume. Je retrouve ainsi le thème de la post face de Philippe de Monès à mon *Roi des Aulnes :* « la vocation maternelle de l'homme ».

J'organise une « caviar-party » pour les enfants du village. Je veux qu'ils aient une idée de ce « mets » aussi célèbre que rare en raison de son prix. Certains enfants révulsés vont le cracher sur l'évier. D'autres se régalent.

À la fin de sa vie, ma mère ne mangeait presque plus rien. De temps en temps je lui en achetais un petit pot. Un jour distraitement elle retourne le pot et découvre le prix qui y était inscrit. Comme elle était de nature plutôt économe, je m'attends à ce qu'elle pousse des cris. Pas du tout : « J'aurais cru ça plus cher », dit-elle. Je me souviens alors quelle n'a jamais réalisé le passage des anciens francs aux nouveaux. Évidemment avec deux zéros de moins, ce n'était pas ruineux.

Il y a trente ans, j'avais planté deux petits sapins à quelques mètres l'un de l'autre. Devenus adultes ils ne se touchent pas encore, mais on dirait qu'ils sentent et ressentent leur voisinage et en souffrent. Celui qui a le champ libre du côté opposé se penche de plus en plus. Un coup de vent d'ouest finit par le jeter par terre.

C'est vrai que les arbres se détestent et réclament chacun la totalité de l'espace et de la lumière. D'où l'atmosphère de haine concentrationnaire des forêts. D'année en année mon jardin change d'aspect. Des arbres disparaissent, d'autres deviennent monumentaux.

Le temps détruit tout. Tout ce que nous aimons. Tous ceux que nous aimons. Mais reconnaissons-lui le mérite de détruire aussi tout ce et tous ceux que nous détestons et qui nous détestent, et aussi la souffrance et même la mort. Finalement, en nous détruisant nous-mêmes, le temps met un terme à la source de tous nos deuils et de toutes nos souffrances.

Je profite du prétexte du nouvel an pour me manifester auprès de certains amis dont je n'entends plus parler. Le plus sûr moyen de perdre un ami, c'est de toujours lui laisser l'initiative d'une reprise de contact. Tôt ou tard il ne bougera plus.

Je vais chercher à la gare de Saint-Rémy-lès-Chevreuse un photographe qui veut me tirer le portrait. Il est accompagné par une jeune femme. Elle m'apprend qu'au cours du trajet il vient tout juste de la demander en mariage. J'exige aussitôt d'être témoin et que la cérémonie se déroule dans mon église. C'est bien le moins.

J'installe dans ma salle de séjour une statue en plâtre peint très sulpicienne de saint Joseph portant l'enfant Jésus sur son bras gauche. C'est un cadeau des sœurs de l'abbaye de Saint-Jacut, allusion à la « phorie » qui est le thème fondamental de mon *Roi des Aulnes.* Je note que l'enfant que porte ce « Joseph christophore » n'est pas son fils. Il n'en est que le « père putatif ». Je lui ressemble, car il en a toujours été ainsi des enfants que j'ai portés.

Vent humide et d'une douceur extraordinaire pour la saison. Si ça continue, certains arbres vont épanouir leurs bourgeons avec la certitude d'un massacre en février. Cela s'est déjà vu.

Mon ouïe baissant, j'ai un rendez-vous à prendre chez un otiste pour me faire faire un appareil. Je le diffère de jour en jour. Je me dis : « Après tout, est-ce si important d'entendre ce que disent les autres ? »

L'oral et l'écrit. La majorité des hommes à ce jour est analphabète. Il n'en résulte évidemment pas qu'ils soient incultes. Leur culture passe par la voie orale que la radio, la télévision et le cinéma ont prodigieusement enrichie. J'ai eu connaissance à Calcutta d'un usage admirable. Il faut rappeler que l'Inde a une production cinématographique considérable, mais qui ne sort pas des frontières. Les Indiens en raffolent. Les enfants dont les bandes peuplent les rues n'ont pas l'argent des billets. Ils se cotisent pour envoyer l'un d'eux voir le film. Ils choisissent le plus malin, le plus disert. Sa mission est redoutable, car il doit ensuite raconter au cercle de ses camarades le film dans tous ses détails et répondre à leurs questions. Merveilleuse récupération du cinéma par l'art immémorial des conteurs.

Je suis séduit ce matin, en regardant la télévision autrichienne, par le chef d'un orchestre jouant des valses viennoises. Je me suis longtemps demandé à quoi servait un chef d'orchestre. Je le considérais finalement comme un ridicule pantin se livrant à une inutile gesticulation qu'aucun instrumentiste de l'orchestre ne se donnait la peine de seulement regarder. Il me paraît évident ce matin qu'il s'agit d'un danseur qui n'exécute sa chorégraphie qu'à l'intention des spectateurs.

C'est pour moi et non pour les musiciens qu'il sautille et agite les bras. Sa fonction est d'incarner la musique avec tout son corps.

P. L. passait aux yeux de ses parents et de ses camarades pour un garçon positif, ne s'intéressant qu'à la technique et n'ouvrant jamais un livre. Depuis peu il se passionne pour les ordinateurs. Stupeur générale. Le voilà qui s'enferme dans sa chambre et ne veut plus voir personne, dévoré par un chagrin d'amour. Il est devenu soudain Tristan, Roméo, Werther. Mais attention ! Il n'a jamais rencontré sa dulcinée. Elle habite à l'autre bout de la France. Il ne la connaît que par Internet. C'est un amour virtuel, un chagrin d'amour purement électronique !

Entendu à la radio une émission sur les chevaux de boucherie. Il y avait il y a encore cinquante ans des millions de chevaux en France. Quand ils avaient fini leur carrière de bêtes de trait, on les envoyait à la boucherie et on en faisait une viande de basse qualité. Mais il y avait des chevaux sélectionnés et élevés spécialement pour la boucherie. Un cheval non encore sevré s'appelait un *laiton*. Un jeune cheval nourri exclusivement à l'avoine s'appelait un *poulain de grain*.

Cocteau : *Dès qu'un poète se réveille, il est idiot. Je veux dire intelligent.*

Je préfère l'esthétique de Paul Valéry, diamétralement opposée. Pour lui l'œuvre poétique est le fruit d'un travail acharné de l'intelligence.

À la suite d'une interview que je donne à la télévision sur le « coup de foudre », Guy Béart m'écrit : *Le grand amour, c'est quand on reconnaît quelqu'un qu'on n'a jamais vu. Pour les chansons, c'est pareil : quand elles nous touchent, c'est qu'il y a retrouvailles.*

En voyage, j'observe toujours avec fascination certaines maisons inconnues. C'est qu'une maison contient toujours un programme de vie — heureuse ou malheureuse. C'est une possibilité et par là même une invitation. Pourquoi ne pas vivre là ? Toute maison est hantée par un passé obscur et un avenir radieux — ou l'inverse.

Gœthe fait chanter Mignon : *Connais-tu le pays où fleurit l'oranger ?* Or le texte allemand ne parle pas d'oranger, mais de citronnier *(Kennst du das Land wo die Zitronen blühn ?)*. Curieusement le citron possède en français une connotation pénible que l'allemand ignore. Jadis les journalistes donnaient aux vedettes de l'actualité un « prix Orange » et un « prix Citron » selon qu'ils les trouvaient agréables ou désagréables à rencontrer.

Une idée pour le paradis : après ma mort, je suis placé devant un panorama où toute ma vie est étalée dans ses moindres épisodes. Libre à moi de choisir celui-ci ou celui-là, et de le revivre, mais au second degré, c'est-à-dire avec un certain recul, à la fois comme acteur et comme spectateur. C'est que je suis dévoré de nostalgie et de regret en me souvenant de scènes de ma vie auxquelles je n'ai pas accordé l'attention quelles méritaient. Hantise du théâtre qui permet de « reprendre » en mieux telle ou telle scène.

Question : quelle est l'origine de votre vocation littéraire ? Eh bien voilà ! Le mardi 14 octobre 1924, ma jeune maman, férue de festivités et de littérature, assista aux funérailles nationales d'Anatole France. Je devais naître le 19 décembre. J'étais donc là, âgé de moins deux mois. Je n'ai rien vu, mais je n'ai pas manqué un discours ni un hymne et je m'en suis trouvé marqué dans ma tendre chair fœtale...

En voyage, je me sépare rarement d'une paire de jumelles, petite manie où entrent du voyeurisme et ma curiosité professionnelle de romancier. Or je constate qu'un compagnon auquel je prête mon instrument doit toujours pour l'utiliser rapprocher les deux lorgnettes. J'en conclus que mes yeux sont exceptionnellement écartés, détail bestial auquel je dois sans doute une partie de ma laideur.

On fait grand bruit autour du tableau de Courbet *L'Origine du monde,* exposé au musée d'Orsay. C'est un cas très rare d'une vision *antérieure* des fesses. Les fesses vues par-devant. Il y a de cela — mais infiniment plus discret — dans *L'Amour vainqueur* du Caravage.

Melbourne, 24 janvier 2002. Championnats du monde de tennis. La télévision nous montre le joueur français Michaël Llodra qui s'agenouille sur le court et joint les mains devant le cadavre d'une hirondelle que sa balle vient de tuer en plein vol.

Souvenir de Melbourne. Le chanteur et guitariste gitan Manitas de Plata joue devant un vaste public, lequel reste de glace. Manitas ne peut supporter ce manque de communion et la soirée risque de tourner court. Mais il avise dans l'allée centrale de la salle un fauteuil roulant où se recroqueville une jeune fille. Il quitte la scène, descend dans la salle et s'approche du fauteuil. Il pose le pied sur la marche du fauteuil et, incliné vers la jeune fille, se met à jouer et à chanter pour elle seule. Le public lui fait une ovation.

Les deux scènes ne manquent pas d'affinité. Est-ce l'esprit de Melbourne ?

Monaco. Dans le hall d'entrée de l'hôtel de Paris, face à la porte tournante, une miniature en bronze de la statue équestre de Louis XIV de Versailles. Le genou levé du cheval est poli et usé par la caresse des joueurs du casino qui pensent que ce geste leur portera bonheur.

Dans ce même hall, j'aperçois une pancarte : « Salle 4, Congrès des plumes et duvets. »

Conte monégasque

Un joueur a risqué et perdu toute sa fortune au casino. Il tente de se suicider. On le sauve. Il demande et obtient une audience du prince et lui tient à peu près ce langage : « J'ai donné toute ma fortune à votre casino. J'ai voulu me tuer. Vous m'en avez empêché. Dès lors ma vie vous appartient. Que comptez-vous en faire ? »

Le prince, despote éclairé, est frappé par la justesse de ce raisonnement. Il décide de créer une « Fondation des ruinés du jeu », sorte d'asile pour anciens riches.

Pierre Chabert, ex-officier de cavalerie, fait de mon *Fétichiste* une critique qui me touche plus que toutes les analyses littéraires. Il me fait observer qu'un cavalier ne va pas « à l'exercice », mais « au travail », qu'il n'a pas de « capote », mais un « manteau », et que ledit manteau se roule non devant le pommeau de la selle — place des sacs d'avoine —, mais derrière le trousquin.

J'avais apporté à Yves Navarre un petit chat, produit de ma faune domestique qu'il a appelé Tiffauges, du nom du héros de mon *Roi des Aulnes.* Je vais le voir six mois plus tard et je lui écris : « J'ai été très impressionné par Tiffauges. Il est certain que ce chat absolument quelconque quand je te l'ai apporté est devenu par l'attention intense que tu lui portes un animal hors du commun et en somme un homme exceptionnel. Il possède un brio, une jeunesse, un rayonnement, une assurance que je n'avais jamais rencontrés chez un animal. Et s'il est absolument insupportable parfois, c'est dans l'exacte mesure où tu attends cela de lui pour combler certain vide. » Cela me rappelle le mot d'une amie devant une berce du Caucase qui avait pris dans mon jardin des proportions monstrueuses : « C'est parce que vous l'aimez, et elle le sait. »

Plus tard Yves Navarre devait me dire : « Tu m'as rendu un immense service en me donnant Tiffauges, mais tu m'as profondément détruit en me faisant avoir le prix Goncourt. » Je m'efforce cependant de croire que je ne suis pour rien dans son suicide.

Comment étaient il y a deux mille ans la campagne, la ville, les rivages même, c'est difficile de l'imaginer à coup sûr. Ne nous dit-on pas que la Grèce antique était couverte d'épaisses forêts et que c'est l'action conjuguée de la construction navale (Venise) et de l'élevage des chèvres qui lui a donné son aspect pelé d'aujourd'hui ?

Du moins y a-t-il un spectacle qui n'a pas varié depuis des millénaires : le ciel. Quand nous levons les yeux, nous sommes assurés de voir les nuages tels que nos ancêtres les plus éloignés les voyaient exactement. Est-ce bien sûr tout de même ? Car il est possible que les nuages en eux-mêmes n'aient pas changé depuis des millénaires. Mais le regard des hommes ? S'agissant surtout d'un milieu aussi fertile en créations religieuses et mythologiques que le ciel et aussi plastique à l'imagination que les nuages, comment pouvons-nous savoir ce que les hommes d'il y a deux mille ans voyaient en levant les yeux ?

J'entre chez M. L. et son chien se précipite sur moi en aboyant. J'ai un mouvement de recul. M. L. : « De quoi as-tu peur ? Tu sais bien qu'un chien qui aboie ne mord pas. » Moi : « Oui, mais lui le sait-il ? »

Autant j'ai vécu dans mon enfance les origines bourguignonnes de ma mère — née Fournier à Bligny-sur-Ouche, Côte-d'Or —, autant je suis peu renseigné sur celles de mon père. Sa famille est originaire de Lalinde (trois mille habitants, sur la Dordogne). La mairie me renseigne. Mon grand-père Ambroise Tournier, verrier comme son père, était né le 26 janvier 1861 de Joseph Tournier, vingt-huit ans, et de Marguerite Feytaux, vingt-deux ans, sans profession, domiciliés au lieu-dit Rottesack. Cet Ambroise épousa Émilie Renoulet, qui mourut de la tuberculose en 1905. Il émigra à Dorigny, près de Douai, sans doute pour des raisons de travail, mais Émilie retourna en 1890 à Cognac, dans sa famille, pour mettre au monde mon père Alphonse. Lequel grandit cependant à Dorigny. En 14-18, il était soldat et

Dorigny était occupé par l'armée allemande. J'ai entendu mon grand-père Ambroise raconter qu'une infirmité professionnelle des souffleurs de verre consistait en une lésion de la joue — la « joue cassée » —, qui permettait de projeter un jet de bière sur le voisin dans les estaminets.

Au cours du comité de lecture de Gallimard, je plante une graine qui pourrait donner de curieux fruits. Je propose à Michel Mohrt de suggérer à ses confrères de l'Académie française de m'inviter à prononcer le traditionnel « discours de la vertu » à l'occasion de la remise des prix de l'Académie. Philippe Sollers, qui a entendu, s'écrie : « Ah ! ce sera l'hommage du vice à la vertu ! » Il y a bien longtemps, j'avais écrit au cardinal Feltin de me confier les sermons du carême à Notre-Dame. Je m'engageais à lui en soumettre auparavant les textes. Je n'avais reçu aucune réponse.

Proverbe arabe : *Celui qui prétend tout comprendre s'expose à mourir de colère.*

Joie que ce vilain mois de janvier soit enfin terminé. La dernière semaine a été marquée par des inondations sans précédent dans toute l'Europe. Maintenant c'est la décrue. Je me récite Victor Hugo :

La terre où l'homme errait sous la tente, inquiet
Des empreintes de pieds de géants qu'il voyait,
Était mouillée encore et molle du Déluge.

Sur cette terre molle et mouillée du jardin, les premiers crocus déploient leurs pétales mauves. J'ai entendu le cri de la fauvette dans les branches nues des arbres.

FÉVRIER

Petite scène de famille. Le jeune papa tient sa fille — trois ans — sur son bras gauche. La maman passant à proximité, il l'attire à lui avec son bras droit. Réaction de la petite fille : elle trépigne et s'acharne à repousser sa mère à coups de pied. Elle veut papa pour elle toute seule !

À nos âges, le passé est un abîme béant où il est mortellement doux de se laisser glisser.

En vadrouille au supermarché avec les filles de P. K., je suis surpris de trouver « mon » eau de Cologne, la *4711*. J'en offre un flacon aux fillettes en leur disant : « C'est mon parfum. Quand vous vous en aspergerez, ce sera moi... »

Jacques Prévert : *La terre s'appellerait la mer si c'était un poisson qui l'avait nommée.*

H. C. m'apprend qu'une fois par semaine il se rend aux Champs-Elysées dans le luxueux appartement d'une dame qui lui accorde une heure au tarif de mille cinq cent francs, préservatif compris. Soit. Pourtant je m'étonne quand il précise que, pour lui faire honneur, il doit quelques minutes avant prendre une pilule de Viagra (il lui faut une ordonnance pour s'en procurer).

Mais s'il n'a pas envie, pourquoi y va-t-il ? Il me répond que ce qu'il désire, ce n'est pas la femme, mais le désir de la femme. Ce qui le pousse en somme, c'est le désir du désir...

Démence sénile de la vieille Mme D. Elle attend sans cesse, dévorée d'inquiétude, tel parent ou ami — généralement mort depuis des années. Elle se ronge : « Ça n'est pas normal. Il devrait être là. » Finalement elle décide d'aller voir sur la route s'il arrive. Elle se coiffe, s'habille, prend son sac et son parapluie. Il faut lui courir après. Elle dit à sa belle-fille : « Je ferais mieux de mourir, et j'espère que vous ne viendrez pas à mon enterrement. — Ça n'est pas gentil de dire ça ! »

Elle la regarde de biais, puis admet, conciliante : « Bon, d'accord, vous viendrez à mon enterrement. »

L'argument ontologique, excellent exemple (exemple par excellence) de l'attitude du philosophe qui laisse la parole aux êtres, aux choses, aux notions. Ne manipulons pas Dieu, laissons-le nous parler. Et que commence-t-il par dire ? *J'existe.* C'est à la fois la maïeutique de Socrate et la phénoménologie de Husserl. Phénoménologie : les phénomènes parlent. C'est aussi le « dit » du Moyen Âge. « Dit » de Dieu : « Je suis, j'existe, je suis celui qui est. »

Littérature et photographie. Ouverture du diaphragme. Plus le diaphragme est fermé, plus la profondeur de champ est grande, c'est-à-dire plus le paysage est net en profondeur. Au contraire un diaphragme ouvert cerne l'objet sur lequel le point est mis et laisse tout le reste dans le flou. Stendhal : 3, 5. Balzac : 16. Car les personnages de Balzac nous sont donnés comme inséparables d'un milieu complexe, d'un décor, d'antécédents, etc. (c'est-à-dire avec une grande profondeur de champ impliquant un diaphragme fermé), alors que ceux de Stendhal se détachent nettement sur fond flou, sur néant (sans profondeur de champ, diaphragme ouvert).

Entretien avec Mme C. qui s'occupe d'enfants handicapés. Elle me dit que, pour des raisons encore inexpliquées, les enfants sourds et aveugles de naissance dépassent rarement l'âge de la puberté. Sourds et aveugles ! Solitude proprement inimaginable de ces malheureux ! Leur mort n'est que trop explicable, me semble-t-il. Leur cerveau privé d'informations audiovisuelles s'atrophie à un point qui n'est pas compatible avec la survie de l'organisme. Ne voyant ni n'entendant rien, l'enfant meurt d'ennui dans sa nuit et son silence absolus.

Ma belle-sœur Muriel, passionnée de ski, a été tuée par une avalanche à Val-d'Isère. Bien sûr rien ne vaut la vie, mais tout de même quelle belle mort voilà ! Je pense au mot de Soljénitsyne « Je veux être le cri qui déclenche l'avalanche ! » Répondant au « questionnaire de Proust », j'avais dit que je souhaitais mourir frappé par la foudre, comme par l'épée de Jupiter. J'avais relevé un « fait divers sportif » qui m'avait fait rêver : un beau dimanche, au cours d'un match de foot, un joueur avait été ainsi foudroyé sous les yeux du public. L'avalanche de neige et de glace, c'est tout le contraire, mais tout aussi beau peut-être.

Maurice M. me dit : « La définition de la beauté est simple : c'est ce qui désespère. À quoi il faut ajouter que, contrairement à certaine opinion, la beauté est un phénomène des plus communs. Il est impossible de descendre dans la rue sans s'y heurter. Chaque fois que je vais faire mon marché, j'en reviens hérissé de flèches d'amour, tel saint Sébastien. » Je lui promets de l'accompagner désormais faire ses courses.

Saint Jean. C'était le plus jeune et le plus beau des disciples. « Celui que Jésus aimait », écrit-il pour se désigner lui-même. Avant de mourir, Jésus lui avait promis qu'il verrait la fin du monde. Exilé à Patmos, il ne cesse de ruminer la formidable aventure dont il demeure le dernier témoin. Mais rien ne venant, il finit par susciter l'Apocalypse sur le papier. Rarement la création littéraire aura joué aussi grandiosement son rôle de compensation.

G.T., professeur à Senlis, me raconte qu'en début d'année scolaire, il a fait remplir à ses élèves le questionnaire rituel. Un enfant africain, noir et silencieux comme l'ébène, a écrit : *Profession du père : roi.*

Je passe à la TV dans l'émission de F.O.G. Après mûre réflexion, je décide de m'habiller de façon « rassurante » : veste de velours côtelé beige, col roulé vert, pantalon marron, *i.e.* bois, humus, chlorophylle.

Je reçois plus tard une lettre d'une téléspectatrice inconnue. Elle m'écrit : « Méchant ! Pendant toute l'émission, vous ne m'avez pas regardée une fois ! »

Le fait est... Si je prononce une conférence devant trois cents personnes, je suis impressionné par cette foule, par tous ces yeux, toutes ces oreilles dardés sur moi. À la TV, c'est entre cinq et dix millions de personnes qui me voient et m'entendent, foule proprement inconcevable et plus encore inimaginable. Si j'en avais une image même vaguement approximative, je m'effondrerais, je volerais en éclats.

Visite du père Lionel Thueux, curé de Jouy-en-Josas. Il était préfet de discipline au collège Saint-Érembert de Saint-Germain-en-Laye quand j'y étais élève en 1936, 37 et 38. Il regarde autour de lui et me dit que, mon presbytère étant plus confortable que le sien, il va demander la paroisse de Choisel et viendra s'installer ici avec moi. À la fin du dîner, je m'étonne qu'il n'ait pas dit le bénédicité. Il me répond qu'étant le maître des lieux, c'était à moi de le réciter.

Avoir, comme on dit, « un pied dans la tombe », ce n'est pas être malade, c'est avoir enterré la moitié de ceux qu'on aime.

Depuis deux jours, froid sec et ensoleillé. Chaque matin une chouette beige et blanc se perche en évidence sur une branche du grand sapin — toujours la même — et prend un bain de soleil en ébouriffant ses plumes. Nullement craintive. Je l'approche pour la photographier avec un téléobjectif. Elle tourne vers moi sa tête plate et ronde comme un disque emplumé, puis la détourne lentement, comme après m'avoir accordé toute l'attention que je mérite.

Je me rends dans une église de banlieue où Lanza del Vasto se recueille. Nous allons déjeuner ensemble dans un bistrot voisin. Il est farouchement végétarien. Il regarde avec horreur le biftèque qui se trouve dans mon assiette et me dit : « Vous mangez des plaies. »

L'Europe a lancé deux vagues d'immigrants à la conquête du monde. Aux XVIe et XVIIe siècles en direction des deux continents américains et de l'Australie. Au XIXe siècle en direction de l'Afrique et de l'Asie. La première vague a réussi à faire souche et à s'implanter. Pourquoi ? Parce que les nouveaux venus ont décimé la population autochtone — Indiens Peaux-Rouges, Aborigènes australiens, etc. — par les armes et par des maladies contre lesquelles elles étaient sans défense. La seconde vague a échoué et a dû se replier sous l'effet de la « décolonisation ». Pourquoi ? Parce qu'elle a apporté aux populations autochtones des progrès techniques et médicaux qui ont provoqué leur croissance et leur multiplication.

Tout cela est profondément immoral.

Jalousie. Il y a une jalousie intellectuelle, faite d'amour-propre et de sens de l'honneur qui agit comme un impératif catégorique kantien. À l'opposé Spinoza définit une jalousie viscérale. C'est, selon lui, la souffrance de l'homme obligé d'associer à l'image du corps de la femme qu'il aime celle des parties sexuelles d'un autre homme. Il évoque aussi la jalousie des pigeons, soulignant ainsi le côté animal de ce sentiment. Colette rapporte ce gémissement de son amie Polaire que son amant venait de plaquer : « Ah le salaud ! Qu'est-ce qu'il sentait bon ! »

Eugène Labiche : *J'appelle égoïste celui qui ne pense pas à moi.*

Bernard Shaw : *Ne faites pas aux autres ce que vous voudriez qu'ils vous fassent, car rien ne vous prouve qu'ils aient les mêmes goûts que vous.*

Pour vivre à deux, il importe plus de bien dormir que de bien coucher ensemble.

L'enfant qui « boude ». Je ne sache pas que les psychologues se soient jamais intéressés au phénomène. Et pourtant ! Il s'agit d'une sorte de refus généralisé du monde extérieur. Le boudeur ne veut plus rien voir ni entendre. Il se fige, la tête dans les mains ou contre le mur, et ne répond à aucune parole. Sorte de fausse catalepsie dont il sort subitement sur un mystérieux signal et qui paraît ensuite frappée d'amnésie. La part de comédie qu'il y a dans la bouderie loin de la dévaluer ajoute à sa complexité.

Dîner avec H. P. à l'hôtel Storchen de Zurich. Une femme se précipite sur lui le prenant visiblement pour un autre. « Ça recommence ! » gémit H. P. Il nous explique que ce genre de méprise lui arrive de plus en plus souvent. Au lieu d'agir de façon répulsive sur les images-souvenirs que les autres projettent sur lui, il les accueille et favorise ainsi le mécanisme de la reconnaissance. S'il interroge les personnes qui l'ont « reconnu », il constate qu'elles hésitent entre plusieurs amis de leur entourage. En vérité, il ne ressemble à personne, mais donne d'emblée une impression de « déjà-vu » qui provoque l'abordage. Et cela depuis quelques années seulement.

Comme l'a dit un Américain, « Il n'y a de bon Indien qu'un Indien mort », pour beaucoup, il n'y a de sexualité « normale » que la chasteté.

Un habitant de Manchester : « Dans cette ville, l'air est si mauvais qu'on se réveille le matin en entendant tousser les oiseaux. »

Ouvrir les yeux un matin dans une chambre d'hôtel d'une ville étrangère où l'on est arrivé la veille. Nombre de fractions de seconde et — qui sait — nombre de secondes qu'il faut pour se resituer, sortir du désarroi où l'on s'éveille. Je suis sûr que ce bref laps de temps (ce mot *laps* qui vient du latin *lapsus* convient on ne peut mieux) augmente avec l'âge. Il me faut maintenant plus de temps pour rassembler les fils de ma vie qu'il y a trente ans. Et si le laps en question venait à se prolonger? Ce serait la folie pure et simple. L'irruption tout nu dans les couloirs de l'hôtel et la prise à partie des clients et du personnel avec cette lancinante question : « Voulez-vous me dire où je suis et ce que je fais ici ! »

Géographie des langues. Le cas de la langue allemande est extraordinaire. C'est la langue du pays le plus nombreux et le plus puissant de l'Europe, parlée par une centaine de millions de personnes (RFA, Autriche, Suisse alémanique). Mais à l'extérieur de ces frontières, plus rien. Il m'est arrivé de faire en Afrique des conférences dans les instituts Gœthe sur la littérature allemande. On me demandait de les faire en français pour attirer un public plus nombreux. Les autorités de la RFA procèdent d'ailleurs à la fermeture de nombreux instituts Gœthe (à Marseille notamment) faute de public intéressé.

Le français est beaucoup moins délaissé qu'on s'efforce de le faire croire. Je fais des conférences en français dans le monde entier — récemment aux USA — avec chaque fois une salle comble. Il ne faut pas se dissimuler évidemment l'extension grandissante de l'anglais (combattue aux USA par la progression de l'espagnol. Rappelons tout de même que les USA n'ont pas de « langue officielle » comme la plupart des autres pays), mais à quel prix ? On peut dire que les Anglais ont été dépossédés de leur langue par leur propre Commonwealth. Si l'on additionne les USA, les Indes, l'Afrique anglophone et l'Australie, on totalise une population cent fois plus nombreuse que l'anglaise et dont l'idiome est un volapük angloïde de nature à désespérer Cambridge et Oxford. L'anglais est une langue déracinée. Une langue peut-elle se passer de racines ?

L'anglais est à l'origine un créole français. C'est à partir du XVe siècle un français dont la prononciation et le sens des mots ont été dénaturés. Comme tout créole, il lui arrive de faire des trouvailles charmantes qu'aucun Français n'aurait imaginées et qu'il faut saluer. C'est le cas des « avions furtifs », ces appareils qui échappent aux détecteurs radars. On en trouverait d'autres exemples. Il y a aussi le sauvetage de vieux mots français irremplaçables, sottement abandonnés par la langue-patrie, telle la « guidance » par exemple dans l'expression : « Visiter un château sous la guidance de son propriétaire. »

Mais à l'inverse il est stupide de renoncer à certains mots français sous prétexte que l'anglais ne les a pas retenus. L'anglais a adopté le français « futur » et négligé le mot voisin « avenir ». Ce n'est pas une raison pour sacrifier « avenir » et pour parler désormais du « futur d'un enfant ».

MARS

Froid sec et ensoleillé. Le jardin est net et immobile comme une épure.

Invité à l'émission de Bernard Pivot « Bouillon de culture » pour mon livre *Le Crépuscule des masques.* L'émission se déroulait un peu languissamment quand un jeune homme surgi du public fait irruption sur le plateau en brandissant un couteau. Je me dis qu'il va m'égorger devant les caméras et qu'il en résultera un formidable coup de pub pour mon livre. Hélas, il se soucie de moi comme d'une guigne. Il veut seulement la parole et menace de s'ouvrir la gorge si on ne le laisse pas parler. Pivot empêche le service d'ordre d'intervenir et lui donne trois minutes, il tient alors un discours véhément et confus, puis jette son couteau sur la table et s'enfuit. Son numéro a tout de même duré six minutes.

Extraordinaire coïncidence. À quelques semaines d'intervalle, le Louvre et le Klassisches Museum de Francfort me font la même invitation : on suspendra au-dessus de ma tête le tableau de mon choix et je parlerai quarante-cinq minutes de ce tableau, mais aussi de tout ce qu'il m'inspire. À Paris, je demande *Saint Sébastien soigné par sainte Irène* de Georges de La Tour et à Francfort le *Saint Sébastien* du Titien.

Dans mes deux discours, je glisse ce canard : l'empereur Dioclétien avait conçu pour son esclave Sébastien une amitié passionnée, et il aurait voulu lui faire jouer le rôle qui avait été celui d'Antinoüs auprès de son prédécesseur Hadrien. Il connaissait leur aventure par les mémoires de la confidente d'Hadrien, Margarita Yourcenaria, qui était son livre de chevet. À Paris quelques sourires accueillent mon histoire. À Francfort personne ne bronche.

Victor Hugo : « La musique est un bruit qui pense. » Ce mélange de génie éclatant et de totale stupidité, c'est tout Victor Hugo. Il en avait conscience et accueillit avec une certaine satisfaction (in *Choses vues)* ce jugement de Leconte de Lisle : quelqu'un ayant dit que V. H. était bête, Leconte de Lisle aurait corrigé : « Oui, bête, mais comme l'Himalaya. »

Le docteur V. me dit que les habitués du jogging sont des drogués au sens le plus précis du mot. En effet leur effort musculaire provoque la sécrétion par leur hypothalamus d'une hormone, l'endorphine, présentant des analogies avec la morphine. Elle leur procure une euphorie dont ils ne peuvent plus se passer.

Je suis hanté par l'image de mon grand-oncle, l'abbé Gustave Fournier, accompagné par sa nièce Marie-Madeleine en 1910 au foyer d'étudiants de l'Albertus Burse à Fribourg-en-Brisgau. Ma future mère a quatorze ans. C'est son premier voyage en Allemagne. Tout baigne encore dans l'innocence — pour nous inconcevable — à laquelle le grand crime de 14-18 devait mettre fin. Cette petite campagnarde qui parle avec l'accent bourguignon s'émerveille de tout. Pouvoir franchir les années et partager un matin le petit-déjeuner de l'abbé Fournier et de sa nièce Marie-Madeleine, future Ralphine... Bien entendu je ne leur révélerais pas qui je suis pour ne pas les effrayer!

Visite de Pascal Maréchaux. Il y a quinze ans lorsque j'écrivais *La Goutte d'or* nous avons sillonné ensemble le Sahara en moto. J'en viens par hasard à parler de mon nom et je lui apprends que ma mère s'appelait Fournier. C'est par hasard quelle a épousé un Tournier. Il me dit que la sienne s'appelait Maréchal, mais ce n'est pas un hasard si elle a épousé un Maréchaux. C'est que dans son école les enfants étaient placés par ordre alphabétique. Sa mère Maréchal était donc assise à côté d'une petite Maréchaux. Elle se rendit chez elle et fit la connaissance du frère aîné, tant et si bien qu'elle l'épousa, passant ainsi pour son nom du singulier au pluriel.

Visite à Quimper. J'apprends que le niveau de l'Odet qui traverse la ville varie en fonction de la marée haute ou basse de la mer voisine. J'aimerais vivre avec à mes pieds cet écho de la grande respiration océane.

Chaque année le 1er mars, une dizaine de canards colverts s'installent dans mon jardin. C'est pour eux un lieu de reproduction. Ils se jettent goulûment sur toute nourriture que je leur offre, grains, croûtons, épluchures, vidures de poissons, etc. Rien ne les rebute. Je songe à la définition de Victor Hugo : « Le canard est un cochon à plumes. » Il ne savait pas si bien dire. Car leurs ébats sexuels ont de quoi faire rougir le témoin le moins porté sur la pudibonderie. Rien n'égale leur priapisme. Régulièrement on voit deux mâles courser une cane avec un acharnement inouï. Le premier qui l'attrape lui pince la nuque et la ramone furieusement de la croupe. L'autre mâle ne s'estime pas battu. Il se juche sur le dos du premier et l'encule rageusement. Et tout cela dans un jardin de curé à l'ombre de ma vieille église !

Les canes pondent ici et là. Le curieux, c'est que régulièrement elles déplacent leurs œufs et je n'ai jamais su comment elles s'y prenaient. Les canetons apparaissent dès la fin mai et début juillet tout le monde disparaît pour un an. Aucune gamelle n'a jamais pu les retenir. Leur biotope doit être les deux étangs du parc du château de Breteuil situé à quelques mètres. Je leur avais mis une cuvette d'eau l'année dernière. Un soir j'y ai trouvé un caneton noyé. Sa mère avait été incapable de lui donner le petit coup de bec qui lui aurait permis d'en sortir. En revanche j'ai vu à la TV un troupeau d'éléphants franchir une rivière. La rive opposée formait un talus difficile à franchir pour les petits. Des adultes les attendaient et les aidaient.

Cyril, dix ans, ne peut dormir sans sa « chenille ». C'est un boudin d'étoffe auquel on a cousu un certain nombre de pattes. Cyril le colle à son visage quand il se couche. Le problème pour sa mère, c'est de laver l'objet, car il faut qu'il soit sec et utilisable le soir même. Je dis : « Il va en colonie de vacances. Est-ce que ses camarades ne se moquent pas de lui? » Réponse : « Non, parce que la plupart d'entre eux en font autant. »

Entendu à la radio une interview ancienne de Romain Gary. Il fait une très judicieuse distinction entre talent et vocation. Étant jeune, raconte-t-il, il avait une ardente vocation de peintre. Il s'est adonné passionnément à la peinture pendant des années. Pour convenir finalement que tout ce qu'il produisait était médiocre. Il s'est tourné alors vers la littérature avec le succès que l'on sait, mais sans le moindre enthousiasme.

Nous connaissons tous des hommes qui vivent une vieillesse amère et aigrie parce que leur impérieuse vocation littéraire s'est heurtée à l'indifférence des critiques et du public dans les meilleurs des cas ou à un refus unanime des éditeurs dans les pires. Ils entretiennent leur chagrin en feuilletant avec dégoût les livres dont on parle ou qui sont couronnés. Comment des œuvres aussi médiocres peuvent-elles s'imposer alors que les leurs — d'authentiques chefs-d'œuvre — dorment dans leur tiroir ?

Camille Flammarion dans son livre *Clairs de lune* affirme que le chant du grillon est le bruit fossile de notre temps parce que le grillon est le vivant le plus ancien de toute la terre. À ce grincement stridulent s'oppose le chant du rossignol — printanier et amoureux, tourné vers l'avenir. Mais mystérieusement l'un et l'autre sont nocturnes.

Soutenance de thèse à Paris VII de Pierre Bouttier sur « Textes et appropriations chez M. T. ». Président du jury, Marc Soriano, connu pour ses livres sur Charles Perrault et Jules Verne. Deux heures extrêmement brillantes, rendues hallucinantes par l'épuisement évident de Soriano. On est constamment hanté par la peur qu'il s'effondre sur place.

Le lendemain coup de téléphone de Soriano. Il part se faire soigner à New York, mais n'a aucun espoir. « Je te tutoie, me dit-il, parce que c'est la dernière fois que je te parle. Je suis mourant, mais rassure-toi, je suis un mourant gai. »

Mes deux énormes pigeons ramiers sont fidèles au rendez-vous du printemps. Je les vois voler vers les tilleuls en portant des branchettes dans leur bec. Désormais ce sont leurs roucoulements qui m'éveillent.

Dictionnaire : « Matrice (ou utérus) : viscère où a lieu la conception ». À noter que cette définition convient aussi bien au cerveau.

Histoire de la petite bossue qui se fait bonne sœur parce que Jésus est le seul homme qui aime les femmes bossues.

Je suis pris en pleine conférence d'un saignement de nez. Souvenir de la danseuse Carlotta Grisi dont les règles se déclarent au milieu de la création du ballet de *Gisèle* (écrit par son amant Théophile Gautier). Je me souviens de T. H., très sujet aux saignements de nez, qui les arrêtait avec de la ouate hémostatique destinée aux saignements vaginaux.

Marcel Jouhandeau déclare à la radio que sa foi chrétienne est inséparable de son amour physique — donc homosexuel — de Jésus. Il est certain qu'en faisant subir aux jeunes garçons la mutilation mentale qui fera d'eux des hétérosexuels exclusifs, la société détruit une dimension essentielle du christianisme (ce qui n'est évidemment pas le cas pour les femmes). Le corps du Christ est de très loin le sujet le plus souvent traité par l'art du nu occidental. La supériorité évidente des femmes mystiques sur les hommes mystiques ne s'explique pas autrement.

Rembrandt (1606-1669) et Spinoza (1632-1677) ont habité ensemble un temps le ghetto d'Amsterdam. À coup sûr ils se sont croisés... et très probablement ignorés, chacun totalement aveugle au rayonnement éclatant de l'autre.

La pauvreté d'un peuple se mesure à la splendeur de ses fêtes. Inversement l'élévation progressive du niveau de vie s'accompagne d'un dépérissement progressif des festivités.

Questionnaire de Proust : votre idéal de bonheur? Élever dès son plus jeune âge un enfant génial. Voir naître et aider à s'épanouir des dons éclatants dans quelque domaine que ce soit. Réunir dans le même être la tendresse et l'admiration.

Claude Gallimard me reproche amèrement d'avoir donné *Des clefs et des serrures* aux Éditions du Chêne. Je lui réponds : « Cher ami, un éditeur doit toujours avoir présent à l'esprit ce proverbe coréen (que je viens d'inventer pour les besoins de la cause) : les petites trahisons font les grands mariages. »

Alphonse Allais : *Oui, Monsieur, j'ai bien reçu votre lettre. Je l'ai même parcourue d'un derrière distrait.*

Quand on s'étonne de l'amertume exhalée par les écrivains du XIXe siècle — Flaubert, Baudelaire, Maupassant — avant de les taxer d'affectation, il faut essayer d'imaginer leur solitude morale dans la société de leur temps. La bêtise et la lâcheté s'y étalaient avec une arrogance naïve. Indiscutablement depuis cent cinquante ans le nombre des interlocuteurs possibles s'est considérablement accru. C'est n'avoir rien à dire que de n'avoir personne à qui le dire. Le faste dont voulaient absolument s'entourer des hommes comme Balzac, Dumas, Wagner, etc. n'était sans doute qu'une réplique à l'humanité bornée qui les étouffait. « Puisque mes œuvres n'ont pas accès à ton cerveau, que mon train de vie t'impose du moins le respect. »

Robert (sept ans) m'avoue n'avoir aucune expérience directe ou indirecte de ce dont les contes, le cinéma, la TV, etc. ne cessent de lui rebattre les oreilles : amour, désir, jalousie, chagrin et toute la carte du Tendre. J'ai du mal à admettre cette virginité sentimentale. Peut-être n'a-t-il pas encore perçu la correspondance des sentiments qu'il éprouve et de ces mots qu'il entend ? Par le canal de la fiction, le discours amoureux est enseigné aux enfants avant toute expérience. C'est un moule vide dans lequel ils n'auront plus, le moment venu, qu'à couler leurs sentiments. Il y a sans doute une période intermédiaire où les sentiments vécus ne sont pas identifiés par l'enfant et tardent à remplir le moule. Jusqu'au jour où, dans une illumination, l'adolescent se dira : « Ah c'est donc cela l'amour ! Je n'en avais aucune idée. »

Une inconnue m'envoie son manuscrit. Elle explique : « J'écris parce que, quand je parle, personne ne m'écoute. » Oui, mais qui va la lire ?

L'amour cannibale. Issei Sagawa, le Japonais qui a tué et mangé une étudiante hollandaise, ne sera pas jugé. Reconnu dément et donc irresponsable aux termes de l'article 64 du Code pénal, il est libéré et renvoyé au Japon. Le flic convaincu qu'il a assassiné la jeune fille lui dit en fouillant son studio : « Tu l'as tuée hein ? Tu vas te mettre à table ? » Sur quoi il ouvre le réfrigérateur et tombe dans les pommes en découvrant les restes de la victime soigneusement découpés. Explication d'I. S. : « Je ne voulais pas la tuer. Je l'aimais. Je voulais simplement la manger ! » Déclaration du père du cannibale : « C'est de notre faute. Sa mère et moi, nous l'avons trop gâté ! »

Implosion, imploser. De plus en plus fréquemment employés. On songe à un cyclone. Le cyclone est une dépression atmosphérique très circonscrite que les vents ne parviennent pas à combler, parce qu'ils sont entraînés dans un mouvement giratoire autour de l'œil du cyclone. C'est une belle image de l'homme possédé par un désir ardent, lequel, au lieu de se satisfaire purement et simplement, reste inassouvi et devient le moteur d'un mouvement intense des choses autour de l'homme et de l'homme lui-même.

L'incroyable tribulation de L. D. Ce Carmaguais ne va jamais à Paris. Il s'y trouve pour une fois et traverse la rue des Pyramides au niveau où elle rejoint l'avenue de l'Opéra. Une voiture fauche tous les piétons pour la simple raison que son conducteur vient de mourir d'un infarctus. L. D. a les deux jambes broyées. Il se traîne depuis sur des béquilles.

Entendu à la radio : « La psychanalyse a un inconscient, c'est la judéité. Freud a écrit qu'il fallait interpréter les rêves, comme on déchiffre des textes sacrés. »

F. Mitterrand s'étant annoncé pour déjeuner au presbytère, ma mère présente, exprime sa stupeur : « Mais enfin pourquoi le président de la République viendrait déjeuner chez toi ? — Parce que je suis célèbre. » Elle, après un silence : « Tu ne me feras jamais croire une chose pareille ! »

Je pense que le souvenir de ma scolarité chaotique l'a persuadée que je suis voué à l'échec. Je la vois un dimanche matin suivre la messe devant la TV. Comme c'est l'Épiphanie, le prédicateur déclare dans son sermon : « J'avoue que les aventures des trois Rois mages ne m'ont jamais beaucoup intéressé, en revanche j'ai été passionné par le quatrième Roi mage, imaginé par l'écrivain Michel Tournier. »

Je ne dis rien, mais la messe télévisée terminée, je reviens sur le sermon. « Tu vois que je ne suis pas totalement inconnu. On me cite le dimanche dans le sermon ! » Ma mère : « Oh, attention, hein ! Il a dit *l'écrivain* Michel Tournier. » Moi : « Et alors ? C'est bien la vérité non ? » Elle : « Oui, mais il n'aurait pas dit : l'écrivain Gœthe ou Victor Hugo. »

Évidemment. Cet « écrivain » avait tout gâché !

Retour d'Afrique équatoriale, je rends visite au peintre Jean Hélion devenu complètement aveugle. Il me demande d'un air bougon : « Alors, le Gabon, comment est-ce ? » Moi : « C'est très Douanier Rousseau. » Hélion : « C'est bien ce que je pensais. »

Simone Weil : *Un des plaisirs les plus délicieux de l'amour humain : servir l'être aimé sans qu'il le sache.*

Simone Weil : *La pendaison. Un homme tué par sa propre pesanteur. Est-ce là un symbole ? Son inclination invincible vers le bas le fait mourir.*

« J'ai compris ce qu'est l'obscurité, dit l'aveugle. C'est quand tu ne me touches plus. »

Le film *E.T.* de Spielberg, beau festival d'amour-pitié. E.T. est un fœtus. Les enfants le protègent contre les hommes en blouse blanche (avorteurs) qui veulent le tuer.

Entendu ce dialogue d'un couple à Arles. Lui : « Moi, je ne dors jamais plus de quatre heures par nuit ! » Elle : « Et alors, qu'est-ce que tu fais le reste du temps ? » Lui : « Eh pardi, je me repose ! »

J'ai accroché dehors contre la fenêtre une mangeoire où des oiseaux viennent sans cesse picorer du grain. Le chat a trouvé place sur une chaise à l'intérieur et les regarde passionnément. Âcre fascination, plaisir désespérant qui se nourrissent d'une faim exaspérée et impossible à satisfaire.

Mort de J. F. Atteint d'un cancer. Il m'avait parlé au téléphone : « Je me serais cru plus fort devant la mort », m'avait-il dit. Je lui avais répondu que ce n'était pas la menace de la mort qui l'affaiblissait, mais la maladie. Je me souvenais de P. D. R. : « Le cancer ne se contente pas de tuer. Avant de tuer, il déprime. Alors que la tuberculose excite l'érotisme, la sclérose en plaques euphorise, etc. »

En matière littéraire, le critère de l'amateur et du professionnel pourrait être le suivant : être capable de reconnaître la valeur éminente d'un livre que personnellement on déteste, tel est le privilège du professionnel. Au contraire l'amateur reste aveugle aux qualités même éclatantes d'un livre dès lors qu'il va à l'encontre de ses goûts.

Je me pose la question en évoquant l'année 1932 de l'Académie Goncourt. C'est là qu'elle commit sa plus lourde bévue : refuser le prix au *Voyage au bout de la nuit de* L. F. Céline. Je n'ai aucun goût pour Céline et sa manière. Aurais-je eu la force de voter néanmoins pour lui, comme cela s'imposait absolument ? Je n'ose le croire hélas !

Lettre d'un suicidaire à sa mère : « Me suicider, ce serait, ma chérie, une gifle sur ton pauvre visage, si violente, si insultante, si blessante que tu en mourrais à ton tour dans l'instant même. Donc rassure-toi, je ne partirai pas que tu ne m'aies précédé, et ta mort sera pour moi un verrou qui tombe, une porte qui s'ouvre, un visa pour l'au-delà. Mais ne tarde tout de même pas trop, maman, parce qu'il me vient parfois des impatiences, des élans, des humeurs vagabondes et qui sait si je saurai toujours y résister ? Ne me fais pas la farce de vivre centenaire, car vois-tu, pour partir volontairement, il faut être jeune, et déjà je me sens un peu vieux pour embrasser la mort. Un suicide de vieillard, c'est laid et ridicule. »

J'ai dit à Henri, quatorze ans : « Sais-tu ce qui va arriver ? Ta mère va t'asseoir sur une chaise dans la cuisine, elle va prendre le sécateur du jardin et elle va une fois de plus saccager tes cheveux. Viens avec moi au coiffeur ! » Il se rebiffe, intimidé et naturellement rebelle, mais il sent que j'ai raison. Finalement il cède et je le conduis *Chez Jean-Louis* pour une coupe sculptée au rasoir. Il sort de là éberlué, très inquiet des réactions de ses copains. C'est une véritable initiation. «Tes copains, ils vont se moquer de toi, mais au fond ils seront jaloux ! »

Métro Belleville. Au fond de l'étrange petite rue Denoyez se trouve un « gymnase » de culturisme. Au premier étage, les hommes. Au second, les femmes. La plupart d'origine africaine. Psychologie du « culturiste » : la culture et donc finalement le culte de ses propres muscles comme remède à l'angoisse d'une certaine solitude. Le salut par le narcissisme. À quoi s'ajoute la fatigue de l'effort répété, assimilable à une ascèse.

Je me souviens d'une enquête dans un journal sur le sujet. Sous la photo d'un homme nu dans une pose ridiculement affectée, il y avait cette légende : « Sa femme l'aime pour son esprit. »

En 1885, Sigmund Freud arrive à Paris pour suivre les cours de Charcot à la Salpêtrière. On dit même qu'il y eut l'amorce d'une idylle entre le jeune médecin viennois et la fille de Charcot.

De Charcot à Freud, on passe de la médecine du *regard* à une médecine de *l'écoute*. Charcot examine, exhibe en public et finalement hypnotise son malade. Freud lui ne le regarde pas. Il l'écoute parler sur le fameux divan. Cela donne deux courants, l'un orienté vers la psychose où ce que dit le malade ne compte pas parce qu'il est fou, l'autre vers la névrose où tout est contenu dans le discours du malade.

Visite de l'hindouiste Alain Daniélou. Il me donne quelques conseils sur l'Inde et mes rapports avec les Indiens. Je suis doublement intouchable, d'abord comme né hors de la péninsule, ensuite comme écrivain, artisan assimilable à un plombier, un menuisier ou un barbier. Si je touche un brahmane, il ne dira rien, mais cela lui coûtera huit jours de purifications et de macérations. Si j'entre dans sa cuisine, tous les aliments s'y trouvant devront être jetés. Si je respire ses fleurs, il devra les couper et les jeter. Il me parle aussi de l'implicite qu'enveloppe toute langue. « Si je pense en français ou en anglais qu'une veuve s'est immolée sur le bûcher de son mari, je suis indigné par la barbarie de ces gens. Si je pense la même chose en hindi, je suis ébloui par la sainteté de cette femme. » Plutôt que ceux de Madras et de Pondichéry que j'ai rencontrés, il me recommande les Tamouls du Kerala.

Les vies gigognes.

C'est un petit jeu qu'il ne faut pas prendre trop au sérieux, mais qui excite l'esprit agréablement. Il s'agit de rapprocher plusieurs hommes célèbres d'un même domaine — politique, littérature, peinture, musique, etc. — dont les vies par leurs dates s'emboîtent les unes dans les autres.

Exemples :

Talleyrand (1754-1848) — Barras (1755-1829) — Napoléon (1769-1821).

Chateaubriand (1768-1848) — Stendhal (1783-1842) — Byron (1788-1824).

Gœthe (1749-1832) — Schiller (1759-1805) — Novalis (1772-1801).

Ingres (1780-1867) — Delacroix (1798-1863) ou Géricault (1791-1824).

Cézanne (1839-1906) — Gauguin (1848-1903) —Van Gogh (1853-1890).

Victor Hugo (1802-1885) — Gautier (1811-1872) — Baudelaire (1821-1867).

Etc.

On mesure mieux ainsi le privilège dont jouissent ceux à qui fut donné une longue vie, englobant et comme possédant leurs confrères plus jeunes et moins avantagés. Mais aussi le prestige des vies brèves auxquelles furent épargnées les disgrâces de la vieillesse. Il est également amusant d'étudier la nature des relations qui s'établirent entre ces trios. Par exemple Stendhal avait une immense admiration pour Byron, qui incarnait tout ce qu'il aurait voulu être — physiquement et littérairement —, et un sérieux mépris pour « la phrase » de Chateaubriand. Lequel traitait Byron de haut, estimant qu'en écrivant *René* il avait devancé et rendu inutile l'œuvre de Byron. Je ne connais pas de jugement de Chateaubriand sur Stendhal.

À noter le cas de Nicolas Malebranche, dont les dates sont les mêmes que celles de son roi Louis XIV (1638-1715).

Je rappelle également ce jugement de Paul Valéry sur Hugo et Baudelaire : *Hugo est certes un plus grand poète que Baudelaire, mais Baudelaire est un poète plus important que Victor Hugo.*

Conte fantastique : *l'Œil de bronze*. Le narrateur est fasciné par l'anus de telle personne de son entourage. Aspiré par cette plaie humide aux lèvres frémissantes. Ce qu'il ignore, c'est qu'il est victime d'un envoûtement. Son pire ennemi est pharmacien et sculpte des suppositoires à son image. Il les vend ensuite à telle ou telle personne. Le narrateur a un rêve obsessionnel : se glisser tout entier dans cet anus et y fondre de plaisir. À ce stade, la sodomie est totalement dépassée. Elle n'est tout au plus qu'un petit commencement.

Depuis dix jours, un anticyclone d'une extraordinaire stabilité maintient une haute pression exceptionnelle (1 045 millibars).

Un article du *Stern* allemand intitulé *Die Unbesiegbaren* (« Les invincibles ») fait état d'une enquête d'où il ressortirait que les adultes les plus résistants aux maladies ont eu une enfance maladive. Illustration du mot de Nietzsche : « Tous les coups qui ne me tuent pas me fortifient. » Principe de l'immunologie : le vaccin est un coup qui ne me tuant pas me fortifie. Il en résulterait aussi que la récente disparition des « maladie d'enfance » (oreillons, varicelles, coqueluche, appendicite, etc.) ferait des adultes moins résistants.

Grâce au Grand Prix des lettres de Monaco, je suis présenté à François Valéry, qui fait partie de son conseil d'administration. Je lui dis aussitôt l'admiration ardente que je nourris pour son père que je n'ai jamais approché sinon en suivant ses cours au Collège de France. J'ajoute que je suis ému de sa ressemblance physique avec lui. Je crois sentir que mes propos l'agacent quelque peu. Sans doute est-ce lassant à la longue d'être toujours « le fils de ».

« En ce qui concerne ma ressemblance physique avec Paul Valéry, me dit-il, elle est le pur fruit du hasard, car il n'est pour rien dans ma naissance. Oui, voilà comment les choses se sont passées. Ma mère avait eu deux enfants. Le médecin lui annonce quelle n'en aurait plus jamais. Elle est très contrariée, car elle en souhaitait un troisième. Les années passent. En désespoir de cause, et comme elle est très pieuse, elle fait un pèlerinage à Lourdes. Elle plonge dans la piscine miraculeuse, et en ressort enceinte de moi. Vous voyez bien que Paul Valéry n'y est pour rien. »

Il me raconte également qu'à la fin de sa vie, Paul Valéry recevait la visite d'un jeune pompier assez rustique, dont on lui transfusait des doses de sang. Les relations si particulières — et comme vampiriques — qui unissaient les deux hommes le laissaient assez perplexe.

Dégel. Parfois à grand fracas un bloc de glace se détache du toit. Dans les villes, il y a des voitures défoncées, des piétons assommés. Le jardin sort hagard et comme naufragé de l'hiver. La terre est toute molle. Pour la première fois j'entends l'appel printanier de la mésange. Il ne se passe rien en dehors de la grande histoire que la météorologie écrit dans le ciel.

Déjeuner chez Drouant. Le maître d'hôtel, Jacques Trépardoux, m'apprend qu'il est né quelques heures après moi, le 20 décembre 1924.

Écrivant *Angus,* j'hésite à employer le mot « crocheter » dans le sens de « tourner brusquement » (il s'agit d'une biche). Je consulte le *Grand Robert.* À « crocheter », je trouve comme dernier sens (rare!) ce que je veux, justifié par une longue citation de mon *Roi des Aulnes* (il s'agissait alors de lièvres).

Valery Larbaud a été aphasique les vingt dernières années de sa vie. On raconte qu'il ne pouvait plus dire que les cinq mots suivants : « Bonjour les choses de la vie ! », salutation qui touche par sa joyeuse simplicité. J'aurais voulu la placer en exergue de mon livre *Célébrations.*

Je ne sais pourquoi, je songe en même temps à cette définition — par qui ? — de Victor Segalen : « Un Monsieur Teste qui aurait la tête ailleurs. »

Le froid cède brusquement. Un violent orage avec éclairs et tonnerre éclate et s'accompagne bizarrement d'une tempête de neige. Nuages noirs qui accouchent d'une neige blanche avec des éclairs rouges.

Voyage à Londres. J'emprunte pour la première fois l'Eurostar. Le passage sous la Manche n'a rien de bien remarquable. C'est un long tunnel (vingt minutes) tout à fait semblable à certains tunnels alpins. Le moment fort de ce bref séjour fut un déjeuner au *Reform Club,* somptueux et antique établissement où, selon Jules Verne, Phileas Fogg a fait son pari d'un tour du monde en quatre-vingt jours, et où il revient triompher. Le responsable n'a pas eu l'humour qu'il aurait fallu pour faire figurer son portrait parmi ceux des membres les plus illustres du Club. J'y trouve celui d'un Earl Grey, et on me déçoit en m'expliquant qu'il est là non pour avoir mis de la bergamote dans son thé, mais pour avoir été Premier ministre de 1830 à 1834.

Je suis rentré chez moi depuis une heure quand on sonne. C'est un adolescent de quinze à dix-sept ans assez chétif qui veut me vendre des marionnettes. Il me dit être séropositif et détenu à Fleury-Mérogis. Il fabrique dans un atelier ces petites poupées et a le droit de sortir pour les vendre. Son surveillant l'attend sur la place du village et lui accorde vingt minutes. Il s'appelle Small et est Kabyle algérien. Je me demande si tout cela n'est pas trop noir pour être vrai.

Je tombe dans le tome I des œuvres de Paul Valéry de la Pléiade sur un texte magnifique,

Louanges de l'eau. Un sommet littéraire. Or une note nous apprend qu'il s'agit d'un texte publicitaire commandé à Valéry par la source Perrier. Je trouve remarquable cette utilisation par le génie de Valéry d'une occurrence totalement commerciale. J.-S. Bach ne procédait pas autrement quand il répondait à une commande de sonate ou de cantate par un chef-d'œuvre immortel. Les mots « génie » et même « talent » ne faisaient pas partie de son vocabulaire. Il ne connaissait que le savoir-faire de l'artisanat le plus humble.

Je note aussi que « Le bois amical », le poème le plus délibérément homosexuel que je connaisse, ayant été à l'origine dédié à André Gide, cette dédicace a disparu ici. Il est vrai que quelques années plus tard Valéry dédiait sa *Jeune Parque* au même André Gide.

Saint Jean-Baptiste a dit : « Il faut que je diminue pour qu'il croisse ». « Il » c'est le Soleil-Christ. La Saint-Jean va donc se situer le 26 juin, alors que les jours sont les plus longs et commencent à diminuer, et la naissance du Christ le 25 décembre, au moment de l'année où les jours sont les plus courts et commencent à croître.

AVRIL

C'était à l'époque où j'allais en Tunisie en emmenant ma voiture. Ce n'était pas une petite affaire. Il fallait descendre à Marseille, embarquer sur un car-ferry, et on débarquait vingt-cinq heures plus tard à La Goulette.

Il m'arrive un jour de ramasser un enfant qui faisait de l'auto-stop. Enchanté de l'aubaine, il s'étale sur son siège, lève les jambes et pose son pied nu sur le pare-brise. Quinze jours plus tard, je rembarque sur le car-ferry, je débarque à Marseille et je reprends la route de Paris. Un matin de novembre un brusque changement de température a pour effet de couvrir de buée l'intérieur des vitres de ma voiture. Et sur le pare-brise, je vois apparaître l'empreinte du pied nu de l'enfant tunisien.

Avril 1992. On annonce la mort simultanée du compositeur français Olivier Messiaen et du peintre anglais Francis Bacon, à peu près au même âge (nés respectivement en 1908 et en 1909). On imagine mal un contraste plus total et plus naïf : le musicien du Ciel et le peintre de l'Enfer. Faits pour s'entendre en somme.

Le printemps me fait découvrir une nouvelle occupation qui pourrait bien tourner à la manie : astiquer les carreaux des fenêtres. J'y trouve une grande satisfaction morale. Les vitres sont bien évidemment la conscience de la maison. Vitres limpides, conscience pure...

K. F. vient me raconter une bien étrange histoire. Il y a quarante ans, il s'était fiancé avec la jeune et très riche Sophie. Puis l'aventure l'avait repris et, les fiançailles ayant été rompues, ils s'étaient perdus de vue, et K. s'était lancé dans une carrière assez agitée aussi bien sur le plan privé que sur le plan professionnel.

Et voici que, quarante ans plus tard, le hasard les remet en présence. Sophie ne s'est pas mariée et elle a fort bien vieilli. Elle invite son ancien fiancé à passer le week-end chez elle. Château, serviteurs, grands feux de cheminée. K. a sa chambre, son bureau, sa salle de bains, avec peignoir et pantoufles. On lui trouve même des bottes qui lui vont parfaitement, et il fait avec Sophie de longues marches dans la campagne. Il se voit alors couler dans ce moule confortable qui lui est offert. Il lui semble bientôt qu'il a en effet épousé Sophie il y a quarante ans et qu'ils ne se sont jamais quittés. Il endosse un faux passé, imaginaire certes, mais parfaitement cohérent et à coup sûr plus calme, plus « heureux » que son passé réel — solitaire, cosmopolite, tumultueux. Il n'a même pas un mot à dire pour que la métamorphose s'accomplisse. Il faut au contraire qu'il dise un mot pour qu'elle échoue.

Le deuxième coup de minuit déclenche une averse que j'entends crépiter sur mon toit. Il n'est pas tombé une goutte d'eau de tout le mois de mars. Le jeune vent d'ouest tiède et humide est le bienvenu.

Istanbul. Soirée chez Yachar Kemal, énorme paysan, braillard et affectueux qui parle sans arrêt, mais seulement en turc et en kurde. Il a connu la prison et a été torturé comme communiste. Son idée fixe, c'est le prix Nobel. Il a fait à cette fin un long séjour à Stockholm. Il a fait traduire à ses frais l'un de ses livres en suédois pour l'adresser aux membres de l'Académie royale. Mais en face de ces dix-huit exemplaires soigneusement empaquetés, il a eu le sentiment d'un manque. À coup sûr il fallait ajouter quelque chose, mais quoi ? Après mûre réflexion il a ajouté dix-huit paquets de rahat-loukoums turcs. Moi je lui aurais donné le prix Nobel pour ses rahat-loukoums !

Citation : « Pour bien jouer au golf, il n'est pas indispensable d'être idiot, mais ça aide. »

Alphonse Allais : *La forme même des pyramides nous apprend que, dès la plus haute antiquité, les ouvriers avaient déjà tendance à en faire de moins en moins.*

Gisèle me dit : « J'aime ta maison. » Je lui dis : « Ma maison, c'est moi. »

C'est vrai que quarante-cinq ans d'intimité rendent un couple indissoluble.

Il y a eu cette nuit de printemps humide où le mur du cimetière s'est effondré dans mon jardin avec la maisonnette du fossoyeur.

Quand je suis arrivé en 1957, la grande dame du village s'appelait Ingrid Bergman. Quand elle donnait des réceptions, il arrivait que ses invités s'égarent dans la nuit. Un soir on sonne chez moi. J'ouvre et je reconnais aussitôt Jean Renoir. Je mérite ainsi une modeste citation dans une histoire du cinéma pour avoir un jour conduit Jean Renoir à Ingrid Bergman. Question subsidiaire : quel est le film qu'ils ont tourné ensemble ? Réponse : *Héléna et les hommes.* Plus tard elle me demanda la permission de poser un projecteur sur le toit de mon garage pour illuminer le clocher de l'église en repère les soirs de réception. Il est toujours là.

Il y a eu les visites de François Mitterrand. Tout a commencé par un livre du photographe allemand Konrad Müller consacré au président français. C'était moi qui avais écrit la préface et j'avais vu Mitterrand à l'Élysée pour la première fois avec Müller. Quand nous nous étions quittés, il m'avait dit : « J'ai entendu dire que vous habitez un presbytère. Si vous m'invitez, je viens. » Que répondre d'autre ? « Monsieur le Président, je vous invite. » Trois mois passent et un beau jour d'août, le téléphone sonne. C'est le secrétariat de l'Élysée. Le président s'annonce pour déjeuner trois jours plus tard. Ce n'est pas rien. Je constate que toutes mes assiettes sont ébréchées et qu'on boit dans des pots à moutarde reconvertis. Je me rééquipe totalement au bazar de Chevreuse. La patronne s'exclame : « On dirait vraiment que vous allez recevoir le président de la République ! » Seulement dès le matin, j'avais la police pour regarder sous mes lits et dans mes armoires. C'est ma gentille voisine, Mme Le Bacquer, qui jouait les maîtresses de maison. L'accueil a dû être jugé bon, car F. M. est revenu plusieurs années de suite.

Un autre chef d'État a rendu visite au presbytère, mais celui-là le plus timide, le plus effacé qui fut jamais : Lothar de Maizières. Ce Prussien d'origine huguenote avait succédé à Erich Honecker en 1990 à la tête de la RDA dont il avait été en quelque sorte le naufrageur. Se trouvant à Paris, il a eu l'idée de faire visite au presbytère.

Un jour des adolescents sont venus armés d'un détecteur de métaux. « On va voir s'il y a un trésor dans ton jardin », me dirent-ils. Puis ils se sont mis au travail avec leur drôle d'outil. À la fin de l'après-midi, ils n'avaient pas trouvé de trésor, mais un nombre impressionnant de douilles de cartouches de guerre. A-t-on tiraillé dans ce jardin soit en 1940, soit en 1945 entre Français et Allemands ? Les rares témoins que j'ai pu interroger ne m'ont pas donné de réponse.

Le visage, partie émergée de l'iceberg : parle et ment. La masse énorme du corps, cachée dans les vêtements avec tous ses organes, partie immergée de l'iceberg. Elle ne ment pas, mais c'est parce qu'elle ne parle pas.

Je n'en aurai jamais fini avec les miroirs. En voici un de plus que je porte avec moi depuis des années sans pouvoir achever son histoire.

Il faut d'abord rappeler que les miroirs sont venus très tard dans nos vies. Les miroirs de verre datent du XVe siècle et furent inventés à Venise. Et ils coûtaient une fortune, de telle sorte que la plupart des gens n'en avaient jamais vu.

C'était le cas d'un couple de paysans qui reçurent un jour la visite d'un riche voyageur.

Ils le logèrent dans la meilleure chambre de la maison. Quand il fut parti le lendemain matin, le mari s'aperçut qu'il y avait laissé un petit sac. Un peu honteux de sa curiosité, il l'ouvrit et en sortit un miroir justement. Il le regarda. Il fut bouleversé par ce qu'il y vit : le visage vivant de son propre père, mort depuis dix ans, et ce visage le regardait et on voyait nettement des larmes s'accumuler au bord de ses paupières. C'est qu'il était mort de chagrin, méchamment brouillé avec son fils, un épisode familial douloureux. Notre homme cacha l'objet dans un tiroir et se hâta de sortir.

Sa femme vit bien qu'il était bouleversé. « Qu'est-ce que tu as ? » lui demanda-t-elle. Il se contenta de hausser les épaules et il partit à son travail.

La femme demeura songeuse et soucieuse. Plus tard elle entra dans la chambre et entreprit des recherches pour éclaircir le mystère. Elle finit par ouvrir le tiroir et en tira le miroir. Elle le regarda. Un froid désespoir l'envahit : « C'est bien ce que je craignais, dit-elle. Il me trompe. Et en plus elle est vieille et laide ! »

Ce couple avait deux enfants, un petit garçon et une adolescente. L'un et l'autre vont à tour de rôle découvrir le miroir. Qu'y voient-ils chacun de son côté ? Ne me le demandez pas, je n'en sais encore rien. Mais je le saurai un jour, j'en suis sûr !

Une institutrice m'envoie la fiche scolaire d'un de ses élèves qui a écrit à la rubrique *Avenir :* « Je veux être écrivain et faire partie de l'Académie Goncourt ». J'emporte la fiche chez Drouant et nous lui envoyons, écrit sur un menu, « Dépêche-toi d'écrire une œuvre, nous t'attendons place Gaillon », avec la signature des dix membres de l'Académie Goncourt.

Deux bûcherons entreprennent l'éradication de deux poiriers centenaires. Ils creusent autour du tronc et affaiblissent l'arbre en coupant ses grosses racines — comme le picador affaiblit le taureau avec sa pique. Puis ils l'unissent avec un câble d'acier à un arbre voisin intact. Le câble passe par un tirefort qui se raccourcit grâce à un levier avec une force qui peut atteindre six tonnes. Si le câble casse, il fauche comme une lanière de fouet et peut couper une jambe. Les souches extraites et nettoyées forment deux sculptures abstraites tourmentées, griffues et grimaçantes comme des pieuvres de bois.

A. F. me raconte qu'une de ses amies ayant émigré aux USA s'y était mariée. De son mari, elle lui avait écrit simplement qu'il ressemblait à saint Sébastien. Des années plus tard, elle se rend elle-même aux USA et assiste à une « party » donnée par son amie. Elle met un certain temps à la retrouver. « Viens, je vais te présenter mon mari », lui dit-elle. — Inutile, je l'ai trouvé avant toi et je me suis présentée à lui. — Mais comment as-tu fait pour le reconnaître ? — Tu m'avais dit qu'il ressemblait à saint Sébastien, je l'ai immédiatement repéré dans la foule. »

Déjeuner à la clinique psychosomatique de la Poterne-des-Peupliers (Ipso) avec les docteurs P. M. et K. Ils me parlent des « bébés ruminants ». Ils ont entre six et douze mois. Ils régurgitent leur lait et le remâchent avant de l'ingurgiter à nouveau, puis ils recommencent, de telle sorte qu'ils ne digèrent pas et souffrent de dénutrition. Les médecins interprètent ce ruminement comme une sorte d'onanisme et une victoire de l'érotisme sur la nutrition pouvant mettre la vie en péril.

Ma cuve à mazout qui fonctionne depuis vingt-cinq ans est vide, et un spécialiste vient la récurer. Pour ce faire, cet homme — qui n'est ni jeune ni mince — se glisse à l'intérieur par le « trou d'homme » de quarante-cinq centimètres de diamètre avec tout juste quarante centimètres d'espace jusqu'à la voûte de la cave. Le plus curieux, c'est qu'il a l'air d'aimer ça. Je me demande comment on le sortirait de là s'il avait un malaise dans l'air empesté de la cuve. Faudrait-il le couper en morceaux ou fendre la cuve comme pour une césarienne ?

Maréchal Lyautey : *Quand on claque les talons devant moi, j'entends distinctement le couvercle d'un cerveau qui se rabat.*

J'ai un jeu d'échecs électronique depuis deux jours. Il me rosse de la façon la plus humiliante sans que j'en ressente le moindre dépit. Alors que je haïrais vigoureusement l'adversaire humain qui me battrait de la sorte. Sans doute sa propre absence d'affectivité — il n'éprouve évidemment aucune sorte de satisfaction à m'humilier — est-elle d'une bienfaisante contagion. Ce n'est pas qu'il soit génial, mais il ignore la bévue et ne laisse échapper aucune des miennes. Joueur médiocre, mais infaillible. Et cela encore : il est aveugle, ne voit pas l'échiquier. Il ne connaît la position des pièces qu'en refaisant l'histoire de toute la partie. Type secondaire. Alors que le joueur humain enfermé dans le présent ne connaît que l'aspect immédiat de l'échiquier et ne se soucie pas de savoir comment on en est arrivé là. Type primaire.

Pâque orthodoxe. Julian Negulesco me téléphone : « J'ai une grande nouvelle à t'annoncer : Christ est ressuscité ! »

Colette : « À quoi bon lui expliquer ? Deux femmes enlacées ne seront jamais pour lui qu'un groupe polisson, et non l'image mélancolique et touchante de deux faiblesses, peut-être réfugiées aux bras l'une de l'autre pour y dormir, y pleurer, fuir l'homme souvent méchant, et goûter, mieux que tout plaisir, l'amer bonheur de se sentir pareilles, infinies, oubliées...»

F. Mitterrand, préparant un discours qu'il doit faire à Bonn sur vingt ans d'amitié franco-allemande, me remercie de lui avoir fait parvenir un choix de citations d'écrivains français sur l'Allemagne (notamment de Giraudoux).

Édith Cresson, Premier ministre, a quelque peu choqué en déclarant que la France ne devait pas « devenir comme le Japon une société de fourmis ». Rencontrant le romancier japonais Prix Nobel Ôé Kenzaburô, je lui demande ce qu'il pense de cette déclaration. Il me répond qu'elle l'a vivement intéressé et qu'il s'est aussitôt plongé dans un traité d'entomologie sur les fourmis. Il a relevé chez les fourmis un trait qui se retrouve en effet dans la foule japonaise : l'entomologiste met l'observateur superficiel en garde contre une illusion. Le grouillement affairé d'une fourmilière donne le spectacle d'un travail fiévreux de chaque fourmi. Or il n'en est rien, la plupart se déplacent sans but défini. Voilà qui est typiquement japonais, dit Ôé, s'efforcer de donner l'illusion d'une activité intense alors qu'il n'en est rien.

La voiture Rolls-Royce avait, comme son nom l'indique, deux créateurs qui s'appelaient l'un Rolls, l'autre Royce. Les deux lettres s'écrivaient en rouge. En 1910 Rolls vient à mourir et, dès lors, on écrit son nom en noir. Royce disparaît à son tour en 1933 et désormais les deux noms s'écrivent en noir. On peut ainsi dater les voitures les plus anciennes. Les deux R en rouge : avant 1910. Un R rouge, l'autre noir : de 1910 à 1933. Depuis 1933 : les deux R en noir.

L. P. m'explique qu'il vole régulièrement des objets — notamment des couverts dans les restaurants et les avions — par une forme de cleptomanie assez particulière. Ce n'est pas l'émotion procurée par l'acte furtif avec le risque couru qui est recherchée. Rien de semblable pour lui. Ce qui l'intéresse, c'est la valeur particulière et irremplaçable que possède *l'objet volé* à ses yeux. Sa qualité d'objet volé lui donne un évident prestige, sans doute un peu crapuleux, comme un seigneur de jadis pouvait éprouver une tendresse plus grande et surtout plus savoureuse à l'égard de ses enfants bâtards que pour ses enfants légitimes.

Le zoologue Boris Cyrulnik affirme que les chimpanzés s'accouplent dos à ventre quand ils sont en liberté et ventre à ventre quand ils sont en captivité. Il explique cette différence par le fait qu'en captivité les animaux sont obligés de vivre face à face, alors qu'en liberté c'est la position de fuite-poursuite qui domine.

Mariage et sympathie. Il faut prendre garde aux « gens simples ». Rien de plus subtil et raffiné parfois que leur comportement. Le père Siméon vient de m'en donner un bel exemple.

C'est l'ébéniste du village, un artisan à l'ancienne. Ah, ce n'est pas lui qui marierait dans un même meuble essences nobles — chêne, acajou, ébène — et bois légers — aulne, bouleau, marronnier. Et il faut le voir ajointer les pièces et les morceaux avec une attention presque amoureuse, faire pénétrer lentement dans la mortaise le tenon auquel il a donné la forme gracieuse d'une queue d'aronde.

Vivant depuis quarante ans avec l'Eugénie, ils ont eu trois enfants qui ont pris chacun leur envol. Mais ne voilà-t-il pas que la plus jeune s'est mise une bizarre idée en tête ! Décidée à se marier, elle s'est aperçue — mais sans doute le savait-elle depuis longtemps — que ses parents, eux, n'étaient jamais passés devant Monsieur le maire et encore moins devant Monsieur le curé. Un couple libre en somme, indépendant, moderne, disent certains, un couple « à la colle », disent d'autres.

Et mademoiselle a conçu le projet de marier ses parents, et ce en même temps, le même jour qu'elle-même épousera son Bernard. Elle n'avait pas prévu, hélas, la réaction de papa Siméon. Se marier, lui ? jamais ! Un homme à principes, et qui n'en démordrait pas.

Eh bien non, il s'agissait d'autre chose, et là je dois dire que l'ébahissement a arrondi ma bouche quand je l'ai entendue.

J'accompagnais chez Siméon l'ancien maire, un copain à lui, un camarade de l'école communale. C'était une ultime démarche entreprise à la supplication de la fille. Il ne fallait pas heurter de front le vieil entêté. On parla de choses et d'autres. Comme on dit, on tourna autour du pot.

Finalement l'ancien maire se hasarda. « C'est bien d'avoir des principes, dit-il, et de s'y tenir. Mais enfin il faut savoir faire plaisir aux autres parfois, surtout aux enfants. Tu es sans doute braqué contre le mariage, mais ça fait quarante ans que tu vis avec l'Eugénie, et il ne s'agit finalement que d'une formalité. Qu'est-ce que ça changera pour toi ? »

Siméon fixait le bout de ses chaussures, le visage durci.

— J'ai rien contre le mariage, finit-il par articuler. Ce serait plutôt l'Eugénie.

— L'Eugénie ? Qu'est-ce qu'elle a l'Eugénie ? Elle est d'accord avec sa fille, non ?

Brusquement Siméon tourna vers nous un visage ému, presque blessé.

— Elle a que je ne la trouve pas sympathique, prononça-t-il.

MAI

Vent et pluie. Celle-ci néanmoins très insuffisante pour combler l'énorme déficit de ces trois derniers mois. Les paysans expriment cela en disant « ça arrose les jardins », entendant par là que pour les champs il en faut bien davantage.

Je ne cesse de penser à Ralphine. Elle a demandé à être incinérée et répandue en cendres dans ce jardin. Brûler sa mère, c'est brûler une part de soi-même, c'est brûler sa propre enfance. Il y a une part d'amour-propre dans le chagrin de la mort d'une mère. Arrête de pleurer sur toi-même ! Les larmes de Narcisse.

C'est peut-être l'influence du presbytère, de vieux problèmes de mon enfance religieuse remontent à la surface. Par exemple pour recevoir l'absolution de ses péchés, il faut un « acte de contrition », c'est-à-dire de repentir. Mais il y a un péché dont il est impossible de se repentir, c'est celui commis par amour. De ce péché-là, il faut que Jésus s'accommode, car il vient de Lui.

Mon grand-père disait : « N'ont de problème de prostate que les chastes et les assis. » Je ne sais pas grand-chose de sa chasteté, mais son métier de pharmacien l'obligeait à travailler debout toute la journée, et le fait est qu'il est mort à quatre-vingt-treize ans sans avoir été opéré de la prostate.

À un correspondant qui s'étonne du peu de goût que j'ai exprimé pour le point-virgule, je réponds : « Je suis avant tout un conteur et je m'exprime mieux de vive voix devant un public que seul la plume à la main. Quand j'écris, je m'écoute écrire, et c'est encore à haute voix que j'essaie ensuite mon texte écrit (voir Flaubert avec son « gueuloir »). La ponctuation a donc pour moi une fonction essentiellement vocale. J'affectionne les points d'interrogation, d'exclamation, de suspension, et aussi les tirets (aparté), mais je n'entends pas le point-virgule. »

Je suis irrité de voir un jeune homme s'introduire dans mon jardin et y divaguer sans façons. Je l'aborde et lui demande assez sèchement ce qu'il cherche. Il me dit son nom et se présente comme l'un de mes lecteurs. Sur quoi il m'épate par la connaissance qu'il a non seulement de tous mes livres, mais des articles de presse, interviews radio et télé, etc. me concernant. Moyennant quoi il se sent ici chez lui. On a beau ne pas être fou de vanité, ce sont des arguments qui désarment...

Un visiteur américain assis dans le jardin regarde autour de lui et dit : « Non, on ne pourrait pas être ici aux USA. Je ne peux pas dire pourquoi, mais ces arbres, ce mur, ces maisons, non, impossible aux USA. » J'ai éprouvé un peu partout cette impression dans le monde. Un paysage bavarois ou japonais, en l'absence de tout détail « typique », peut-être par une certaine atmosphère — mais qu'est-ce que ça veut dire ? — tranche absolument sur l'équivalent français.

Après une journée épuisante à Paris, je retrouve avec douceur mon jardin. Ô splendeur des citronniers du Mexique en fleur ! Dîner solitaire de crudités et de vin blanc face à ma famille végétale magnifiée par le soleil couchant. Avant de tout fermer, je l'arrose, ce jardin, comme on nourrit et baigne un enfant avant de le coucher, car la sécheresse est persistante en cette canicule prématurée.

Les titres des œuvres littéraires. Visiblement certains auteurs s'en moquent, d'autres y attachent une grande importance. Balzac intitulait ses romans *Eugénie Grandet, Le Père Goriot, Ursule Mirouet, Le Curé de campagne,* etc. Il aurait pu tout aussi bien leur donner des numéros : Opus 11, Opus 14, etc. Stendhal en revanche s'efforçait de surprendre et de séduire, et on se demande toujours ce que signifient exactement *Le Rouge et le Noir* ou *La Chartreuse de Parme.* Je me donne le plus grand mal pour avoir de bons titres, d'autant plus que je ne peux travailler à un manuscrit que s'il est d'ores et déjà joliment intitulé. Mon meilleur titre est à coup sûr *La Goutte d'or,* et il s'en est fallu de peu qu'il me soit volé. Romain Gary utilisait son neveu Pavlowitch comme homme de paille pour publier *La Vie devant soi* incognito. Ledit Pavlowitch raconte dans son livre *Celui qu'on croyait* qu'il avait déposé le manuscrit du pseudo Ajar au Mercure de France quand il reçoit un coup de téléphone de Gary qui lui dit : « J'ai un bien meilleur titre : *La Goutte d'or.* Dépêche-toi de téléphoner au Mercure. » Pavlowitch s'exécute et s'entend répondre : « Trop tard. Le livre est fabriqué. » Gary conclut : « Tant pis. Le titre servira une autre fois. » L'autre fois, ce fut moi, quatre ans plus tard.

Interviewé sur le baccalauréat, je rapproche le bac (baccalauréat) du bac (bateau plat pour passer un fleuve). J'invente qu'habitant Villers-sur-Mer et devant passer mon bachot au Havre, j'avais traversé la Seine par le bac de Berville (lequel fut supprimé après la construction du pont de Tancarville.) En réalité, j'ai passé mon premier bachot à Saint-Germain-en-Laye.

On pourrait supprimer le baccalauréat et concevoir une carrière scolaire parfaitement continue, fondée sur toutes les notes récoltées d'année en année et consignées sur le bulletin scolaire sans autre examen en fin d'année. Ce système m'aurait été fatal, car élève des plus médiocres, je fondais tous mes espoirs sur le bluff et l'atmosphère dramatique qui entoure les examens, et dont je savais tirer le meilleur parti. Livret scolaire : casier judiciaire.

Ciel noir. Je tonds fiévreusement ma prairie avant la pluie. Dimension météorologique inéluctable des travaux des champs. Sécheresse, grêle, gelée, orage viennent orchestrer les efforts des paysans. L'artisan et l'ouvrier pour leur confort, pour leur malheur ne connaissent pas cette sujétion, cette sublimation. Le ciel ne les concerne pas.

Orage nocturne. Temps étouffant. Le matin les meubles blancs de mon jardin sont souillés par une boue rougeâtre. D'après la météo, nous subissons un sirocco qui nous apporte la poussière du Sahara. Les fleurs du marronnier jonchent le sol, comme un tapis de Fête-Dieu.

Devant un journaliste, je développe la théorie des quatre santés : du corps, de la maison, du jardin, de l'argent, constituant autant de cercles concentriques autour du centre âme. Ce n'est pas bien subtil, mais c'est un schéma de réflexion et de bilan assez commode.

Visite à l'école maternelle de Saint-Rémy. Je suis confronté à une trentaine de mouflets et de mouflettes de quatre à cinq ans. Je leur parle des animaux. Qui a un chien? Qui a un chat? Les mains de lèvent. Quelle différence y a-t-il entre un chat et un chien? Les réponses dénotent la peur inspirée par le chien : « Le chat est gentil, le chien est méchant. » Mais viennent ensuite des réponses qui relèvent de l'observation : le chat a des griffes, le chien aime le sucre (pas le chat), le chat ronronne, etc. À la grande admiration de la maîtresse, je parviens à les faire tenir assis près d'une demi-heure, véritable record, me dit-elle.

Je me mêle aux quelque dix mille pèlerins qui arrivent à pied de Paris et suivront la messe après-demain à Notre-Dame-de-Chartres. Ils ont quarante kilomètres dans les jambes et certains se traînent. Ils passeront la nuit dans un immense camp établi à deux pas de chez moi. On remarque beaucoup d'êtres charmants, de nombreux visages purs et naïfs, mais aussi dans les plis des bannières combien de faces obtuses et patibulaires ! Cette foule, sans doute parce qu'elle est réunie par une foi commune, paraît sensiblement plus typée, stéréotypée qu'une foule assemblée par le hasard. Abondance de personnages pittoresques, caricaturaux ou d'une impressionnante beauté.

Françoise Giroud écrit dans le *N.O.* : « Dans une belle émission consacrée tout entière à Michel Tournier, ambigu, pervers, gai, brillant, Michel Polac demandait, jouant le Huron : "Ça sert à quoi la philosophie ? — À rien, dit Tournier. C'est comme la musique. On s'y intéresse ou pas." »

Je bute sur ces quatre épithètes dont elle me gratifie. C'est donc ainsi que j'apparais, ambigu, pervers, gai et brillant. Tout sauf rassurant et franc du collier. Il est vrai que l'émission est jugée « belle ». Or c'était *mon* émission. Preuve que je sais faire une belle émission, mais que je ne sais pas donner de moi l'image que j'aimerais donner.

Je dois avoir les conduits lacrymaux bouchés, car je ne cesse de larmoyer. Le curieux, c'est que cela me rend sentimental, *rührseelig.* L'expression d'un sentiment comme cause de ce sentiment. Je crois que Descartes a parlé de cela dans son *Traité des passions* à propos d'un veuf bien content d'être débarrassé de sa femme, mais bouleversé par ses funérailles.

On a tort de vouloir enfermer Balzac dans la fiction et lui interdire les réflexions et les théories notamment sur la société de la Restauration. Dans *Un prince de la bohème*, il explique que la bohème est un phénomène lié à la Restauration. En effet la jeunesse d'élite (vingt-trente ans) trouvait sa place dans la société de l'Ancien Régime et de l'Empire. Mais la Restauration étant un régime de gérontocratie, ces jeunes se trouvent exclus du système et réduits à l'oisiveté et à la misère. Et il émet cette idée : « Si l'empereur de Russie achetait la bohème moyennant une vingtaine de millions, en admettant qu'elle voulût quitter l'asphalte des boulevards, et qu'il la déportât à Odessa, dans un an Odessa serait Paris... »

La confession. Visite à l'église Saint-Sulpice. Il n'y a plus de confessionnaux. Dans une cage de verre fumé insonorisée un prêtre en ornements est assis à une table face à la pénitente. Une lampe braquée sur elle rappelle péniblement les interrogatoires de police style cinéma. LA pénitente. Je serais curieux de savoir combien d'hommes se confessent.

J'avais vu tout autre chose à Palerme. Assis dans un vaste fauteuil, le prêtre en grand apparat était violemment éclairé par un lustre placé au-dessus de sa tête. À droite et à gauche deux modestes prie-Dieu sur lesquels sont accroupies deux femmes. Le prêtre se penche alternativement vers l'une puis vers l'autre. Chacune dès que pourvue de son absolution se lève et est immédiatement remplacée. On songe à un énorme scarabée doré fécondant d'interminables files de femelles exsangues et grises.

Sur le pont de la Weinplatz de Zurich. Un garçon blond, vêtu de noir, évolue et tournoie sur des rollers, tenant à la main un lecteur de cassettes. Il pose sa boîte à musique, et danse, danse, danse. Puis il la cueille au passage, s'envole, disparaît comme un grand et fragile oiseau de nuit. Impression de solitude heureuse, guérie par la folie.

Citations :

A. Gide : *Je veux descendre dans la tombe encore chaud de volupté (Carnets d'Égypte).*

Sur Léautaud : *Il ne voit pas loin, mais avec quelle netteté !*

Voltaire : *Je ressemble aux petits ruisseaux, je suis clair parce que je ne suis pas profond.*

Visite d'une école. Sur les murs blancs fraîchement repeints cet été, les petites mains sales laissent des traces qui sont la marque de la vie et de la tendresse dans cette maison austère.

Anatole France : *Grâce à ses collines, Rome se voit de Rome.*

Et sur son lit de mort : *C'est donc cela, mourir ?*

Je dis aux enfants d'une école : « Écrivez chaque jour quelques lignes dans un gros cahier. Non pas un journal intime consacré à vos états d'âme, mais au contraire un journal dirigé sur le monde extérieur, ses gens, ses animaux et ses choses. Et vous verrez que de jour en jour, non seulement vous rédigerez mieux et plus facilement, mais surtout vous aurez un plus riche butin à enregistrer. Car votre œil et votre oreille apprendront à découper et à retenir dans l'immense et informe magma des perceptions quotidiennes ce qui peut passer dans votre écriture. De même que le regard du grand photographe cerne et cadre la scène qui peut faire une image. »

Françoise Sagan (d'après Madeleine Chapsal, « Envoyez la petite musique ») : *Quand je serai vieille, je paierai des jeunes gens pour m'aimer, parce que l'amour est la chose la plus douce et la plus vivante, la plus raisonnable. Et que le prix importe peu.*

L'idée ne lui vient apparemment pas que la vénalité donne à l'amour un goût particulier, un peu âcre, certes, mais par la simplification et le dénuement quelle fait subir au désir, tout à fait irremplaçable.

Une prison, ce n'est pas seulement un verrou, c'est aussi un toit. Méfiez-vous des toits.

Politique. Henri Queuille (incarnation de l'immobilisme radical-socialiste) : *Il n'est pas de problèmes, si complexes soient-ils, qu'une absence de décision ne puisse résoudre.*

Lu le livre de Laure Murat sur *La Maison du docteur Blanche* (Lattès). Esprit Blanche fonde en 1821 un asile d'aliénés « doux » qui présente les apparences d'une pension de famille. Esprit

Blanche, puis son fils Émile y reçoivent et y soignent par un traitement qui annonce la psychanalyse Gérard de Nerval, Marie d'Agoult, Théo Van Gogh, Charles Gounod, Guy de Maupassant, etc.

Retenu cette « histoire de fou » dont l'énormité m'enchante : il s'agit d'un médecin accoucheur. Il se trouve dans un bureau de poste et reste un bon moment en arrêt devant un guichet. Finalement l'employé intrigué passe la tête par le guichet pour voir ce qu'il veut. Le médecin se précipite, prend la tête à deux mains et tire dessus en criant : « Poussez, Madame, poussez, je tiens la tête du bébé ! »

Vendredi 15 mai. Vendredi est mon jour de la semaine préféré. C'est la fin de la semaine et comme sa conclusion. Je suis né un vendredi. J'ai fait mon premier service de presse le vendredi 9 mars 1967 pour mon roman *Vendredi.*

Le mois d'avril a été glacé. Après ces longues froidures, l'été s'installe brutalement par une touffeur qui s'épanouit en orage. Les premières fleurs de marronnier jonchent le sol. Il fait sensiblement plus chaud dehors que dans la maison. La nuit tombe avec une brume tiède.

Histoire juive. Le Messie est enfin arrivé. La communauté juive lui fait fête. Seul un vieux rabbin a l'air préoccupé. Il prend le Messie à part et lui dit : « Si quelqu'un vous demande si vous êtes déjà venu sur la terre, vous ne répondrez pas. »

Je relis *La Vie d'un bon à rien* de Joseph von Eichendorff (1826). Ce n'est sûrement pas un grand livre — tout juste une longue nouvelle — mais c'est un livre à la fois délicieux et exemplaire. On songe sans cesse en le lisant à l'extraordinaire magie du début du *Grand Meaulnes* d'Alain-Fournier. C'est le romantisme innocent et idyllique. On ne quitte jamais la scène d'un théâtre. Le jeune héros — bon à rien — part au hasard à travers le monde avec son violon pour tout bagage. Mais il a beau voyager — il découvre l'Italie, pays de rêve —, il ne bouge pas en vérité, et les personnages qui apparaissent et disparaissent sont toujours les mêmes — comme dans une troupe théâtrale dont l'effectif est forcément limité. Le décor est fait de châteaux et de nobles demeures noyés dans des massifs d'arbres centenaires. Il y a des bassins, des roseraies, des statues. On y chante et on y danse. Mais l'essentiel, c'est le violon magique dont notre jeune vagabond ne se sépare pas. Grâce à sa musique, on l'accueille et on lui fait fête. Son couvert est mis à toutes les tables et son lit est fait dans toutes les chambres. Il possède un charme juvénile irrésistible. Même un homme tombe à genoux devant lui. On note le nombre de fois où il s'endort, fait un rêve, et quand il rouvre les yeux tout a changé autour de lui.

On peut trouver cela délicieux ou fade et inconsistant. Je crois néanmoins qu'il s'agit de la peinture d'un sentiment qui a eu son importance au début du XIXe siècle : celui que tout était irrévocablement transformé et que la douceur de vivre de l'Ancien Régime ne pouvait plus être évoquée qu'avec une déchirante nostalgie. Casanova est tout entier là.

Visite du chantier de la ligne nord-est dite *Éole* du RER. Nous nous rendons gare de l'Est. On revêt une combinaison, on chausse des bottes de caoutchouc et on coiffe un casque. Dans cet accoutrement, on déambule dans la rue de Verdun au milieu des passants qui ne paraissent nullement surpris. Puis un ascenseur vous plonge à trente mètres sous terre. Le bruit est infernal, sous-tendu par le ronflement d'une énorme manche à air qui assure la ventilation. Ce qui m'a le plus frappé, c'est la pureté des glaises, granits, schistes et sables dans lesquels les tunneliers enfoncent leurs énormes fraises. Dans son livre d'anticipation *Paris au xxe siècle* Jules Verne explique qu'un métro doit être forcément aérien à Paris en raison de l'encombrement du sous-sol de la ville. C'est sans doute vrai jusqu'à moins vingt mètres. Mais à partir de trente mètres, Paris, ses égouts, ses fondations, ses caves n'existent plus, et on retrouve la pureté de l'élément tellurique comme en plein désert ou au centre de la forêt vierge. La civilisation apparaît comme une mince pellicule d'impuretés. Je ramasse même une rose de sable, telle qu'on en trouve en plein Sahara.

J'emmène déjeuner à Paris Émilie et Édouard, les enfants de mon frère Gérard, qui vivent à Boston. Avant de les quitter je leur dis : « Sachez, mes petits, que tous les Tournier ont un grain dans la cervelle. Vous êtes des Tournier donc vous êtes fous. Quant à moi, j'ai sans doute le comportement le plus sage de toute la famille, mais c'est parce que j'évacue ma folie dans mes livres. »

Visite du jeune Nicolas, vingt ans. Voulant me montrer sa nouvelle carte de crédit, il ouvre son portefeuille et en répand le contenu sur la table. Je constate qu'il n'y a là qu'une seule photo, celle d'un chien. Je ne peux m'empêcher de lui faire part de mon étonnement. À vingt ans, une seule photo sur son cœur, et c'est celle d'un chien ? N'est-ce pas un peu triste ? « Ah ! mais pas du tout ! s'exclame-t-il. Ce n'est pas un chien, c'est une chienne ! » Ah ! bon alors tout va bien !

Je lis *Astolphe de Custine* d'Anka Mühlstein (Grasset). Je suis émerveillé des relations entre Astolphe et sa mère Doris. Relations de tendresse et de solidarité absolues sans la moindre trace de tyrannie. Comme on est loin de celles qui unissaient pour leur commun malheur Proust et sa mère, Gide et la sienne ! Doris est jeune, belle et elle aime les hommes. Son fils ne s'offusque pas de voir défiler des amants dans la chambre de sa mère. Astolphe est jeune, beau et il aime les hommes. Sa mère ne s'offusque pas de voir défiler des amants dans la chambre de son fils.

Crânes ronds et crânes longs.

Ainsi donc le clivage gauche-droite serait désormais obsolète et nous serions priés de renoncer à cette clef pourtant si commode pour s'y retrouver dans la faune politique. Diable! Mais on ne supprime vraiment que ce qu'on remplace, et il faudra bien trouver une autre grille de déchiffrement binaire.

Je me suis souvenu face à cette urgence de mes années de jeunesse passées au musée de l'Homme sous la férule de Claude Lévi-Strauss et André Leroi-Gourhan. Au laboratoire d'anthropologie nous apprenions par exemple à dater et chiffrer les crânes. Savez-vous comment on distingue un crâne historique d'un crâne préhistorique? En collant sa langue dessus. Le crâne préhistorique ayant perdu son périoste est poreux et adhère fortement à la langue. Pas le crâne historique...

Mais l'a b c de l'anthropologie, c'est *l'indice*

céphalique horizontal qui permet de distinguer les crânes ronds (brachycéphales) et les crânes longs (dolichocéphales). Cet indice s'obtient en multipliant le diamètre transversal par cent et en le divisant par le diamètre antéro-postérieur. Un indice de cent correspondrait à une tête parfaitement ronde, ce qui n'existe pas, sauf dans des cas extrêmes d'hydrocéphalie. Les crânes les plus ronds avoisinent quatre-vingt-dix, les plus longs soixante-dix.

Dès lors, armés de nos compas d'épaisseur, nous coursions dans les salles et les couloirs du musée les gardiens et les femmes de ménage pour leur « prendre » leur indice. Nous devions bientôt acquérir un coup d'œil presque infaillible qui nous dispensait de toute mesure, si ce n'est pour vérifier notre diagnostic.

L'incidence esthétique de l'indice est claire. Les dolichocéphales sont voués à la coiffure « la raie-au-milieu ». Tels sont la plupart des Christ, la *Vierge au long cou et son enfant-Jésus* de Parmesan, les demoiselles préraphaélites de Rossetti, et plus près de la réalité, Paul Valéry, Alain, Alfred Cortot, etc. Les têtes rondes sont bonnes pour la coupe au bol et s'illustrent par Socrate, le *Saint Pierre* de Dürer, Verlaine et quelques autres.

Mais c'est sous l'angle psychologique que la distinction importe surtout. Le dolichocéphale se signale par son dynamisme, sa combativité et sa versatilité. Le brachycéphale par son calme, sa sagesse et sa stabilité...

Dès lors les péripéties de notre politique deviennent limpides. Côté dolichocéphales, Chirac, Lang, Juppé, Giscard d'Estaing. Côté brachycéphales, Jospin, Toubon, Balladur, Seguin. Chaque fois qu'un nouveau gouvernement se forme, il serait intéressant de faire passer ses membres au compas d'épaisseur. Comme l'a écrit F. J. Gall, le créateur de la phrénologie, « le cerveau est un continent immense dont la boîte crânienne est la carte géographique. »

Pierrot et Arlequin de mon conte *Pierrot ou les Secrets de la nuit.* Vu sous l'angle vestimentaire, Pierrot-le-mitron travaillant au fournil est nu sous son ample vêtement blanc. Sa chair est immédiatement donnée. Au contraire Arlequin, l'homme-oignon, s'apparente au clown qu'on cherche à déshabiller sans y parvenir, car sous chaque collant en apparaît un autre. Je songe à ce propos à ce type de pauvre que j'ai rencontré en Afrique qui ne sort qu'avec tous ses vêtements sur lui, de telle sorte qu'un déshabillage — pour se baigner par exemple — devient une opération interminable. À Arlequin composé d'une accumulation d'*accidents* s'oppose le *substantiel* Pierrot.

Dans *Le Général Dourakine* de la comtesse de Ségur, nous apprenons qu'un personnage important voyageant à travers la Russie d'alors plaçait à côté du premier cocher un « feltyègre ». Il s'agissait d'un policier chargé de faire lever les barrages et contrôles policiers et d'obliger les aubergistes à recevoir les voyageurs. Cela me rappelle furieusement la RDA où j'ai toujours voyagé accompagné d'un fonctionnaire de cette sorte. Il devait en être ainsi en URSS où c'était un héritage de l'ancienne Russie.

Stendhal : *Idéaliser, comme Raphaël idéalise dans un portrait pour le rendre plus ressemblant.*

De sa petite fille, cet ami allemand me dit : « Elle ressemble à son père comme un crachat. »

La Mer de Debussy. C'était l'été 1939 à Villers. J'avais quatorze ans. Je disposais d'un petit canoë canadien, véritable coque de noix. Chaque jour je franchissais la barre et j'allais assez loin pour que la plage devienne une mince ligne jaune au pied de la côte. Si j'avais versé je n'aurais certainement pas pu revenir à la nage. J'étais toujours seul. Jamais mes parents n'ont soupçonné que je risquais ainsi ma vie. En abordant après des heures de dérive, j'avais le corps blanc de sel, les embruns qui m'avaient éclaboussé ayant séché au soleil. Ce sont ces heures marines que fait revivre à mes oreilles la musique de Debussy. L'été splendide, la mort tout autour, la guerre prochaine qui dresse un nuage noir plein d'éclairs à l'horizon. Je glisse avec mon corps nu tacheté de sel sur le dos vert des lames. J'ai peur et je suis heureux.

JUIN

Je flâne dans le jardin. Côté rue un vrombissement intense attire mon attention. De l'autre côté de la rue, une vieille maison dresse sa façade fissurée. Un gros nuage noir d'abeilles ondule sur toute la largeur de la rue et s'engouffre dans l'une des brèches de la façade. Cela dure plus d'une heure, puis plus rien : la maison est farcie d'abeilles. Ce soir des amis viendront l'habiter. Je téléphone aux pompiers. Dès lors qu'il s'agit non de guêpes mais d'abeilles, ils se récusent. Je n'ai qu'à faire venir un apiculteur...

Le marbrier de Chevreuse au nom prédestiné de Jean Borne vient fixer au mur du jardin une plaque de marbre et un grand médaillon de fer forgé noir représentant un petit Cupidon. C'est là que je vais enterrer — conformément à sa demande testamentaire — l'urne des cendres de ma mère. Elle m'a été apportée par ma nièce que j'ai dû décevoir. Elle avait l'idée drolatique de remplir de ces cendres un ours en peluche qu'elle aurait promené partout avec elle. Quant au Cupidon, je l'ai vu dans toutes les chambres occupées par ma mère. Il a l'air chagrin, les mains liées derrière le dos. Son carquois et son arc sont tombés par terre. Voilà qui est assez symbolique des interdits pesant sur le sexe. Je fais un sondage d'opinion parmi mes frères et sœur et leurs enfants pour savoir comment je dois appeler maman sur la plaque ; la majorité se prononce pour son surnom familier de *Ralphine* (nous appelions papa Ralph).

Un journaliste italien de la *Stampa* au beau nom de Claudio Altarocca m'assassine de questions pendant deux heures sur mes voyages en Afrique. Nous sortons de là abrutis et abasourdis. Le jardin rayonne de sérénité dans le soleil couchant. Le monsieur italien a l'air tout mélancolique. Moi : « Vous n'êtes pas satisfait de notre entretien ? — Si, si, mais c'est comme ça : la beauté me rend triste. » Je lui demande si c'est la mienne, celle de mes histoires africaines ou celle du jardin. Il lève vers moi un sourire navré.

À moins de deux kilomètres de chez moi, sur le plateau, au sortir d'Herbouvilliers, je découvre des travaux en cours assez importants, mais tout à fait énigmatiques. Au retour, je téléphone au maire, Robert Delerozoy. Il m'explique qu'il s'agit d'un forage destiné à évaluer une nappe de pétrole se trouvant là. Si cette nappe se révèle suffisante, on la mettra en exploitation. Il y aura un derrick, on construira une route pour la noria des camions-citernes évacuant le pétrole en l'absence d'oléoduc, etc. J'habite ici depuis quarante-cinq ans et j'y ai écrit tout ce que j'ai publié. Néanmoins j'accueille avec sérénité cette menace d'une destruction apocalyptique de ma campagne environnante. C'est qu'elle satisfait une vieille angoisse sans remède autre que ce formidable coup de pied au cul. Je me reproche ma sédentarisation excessive, absolue et sans issue. Par mes seules forces. Oui, partir, déménager, liquider des tonnes de vieilleries accumulées au cours des ans, reprendre tout à zéro, quel coup de jeune ! Plus d'un de mes amis en agissent ainsi et je les admire sans pouvoir les imiter. Chez Bernard Clavel, cela confine à la frénésie. Il passe de l'Irlande au Canada, du Canada à la Suisse, puis se fixe à nouveau en France. Sait-il quand il s'installe quelque part que c'est tout au plus pour quelques années ou bien croit-il chaque fois avoir enfin trouvé le havre de paix définitif?

Un coup de téléphone de Gallimard m'apprend que la revue de la Sécurité sociale demande l'autorisation de reproduire ma nouvelle *Un bébé sur la paille* (recueil *Le Médianoche amoureux)*. J'y raconte en effet que le déficit de la « sécu » provient du fait que depuis des années déjà les bébés ne naissent plus chez les parents, comme jadis, mais en clinique. Donc entourés de blouses blanches, d'odeurs de désinfectants et de bruits d'appareils sanitaires. Il en résulte une « empreinte natale » qui les prédispose à la pharmacomanie. Toute leur vie ils hanteront les pharmacies pour se bourrer de médicaments inutiles et néfastes. Je proposais que la sécu fasse les frais — bien moindres au total — de faire naître les bébés dans le lieu choisi par la maman, galerie du Louvre, sommet du mont Blanc, île de Sein, troisième étage de la tour Eiffel, wagon de chemin de fer, etc., afin de varier autant que possible cette fameuse « empreinte natale ».

Cinq heures durant, je demeure assis à côté du conducteur d'une rame de la ligne 2 (Nation-Dauphine). C'est pour mon prochain roman. Ces expériences indispensables pour écrire mes histoires ne me déçoivent jamais. Je regarde et j'écoute. C'est toujours intéressant et inattendu. J'ai ainsi pour *Les Météores* arpenté les dépôts d'ordures et séjourné dans un asile pour enfants handicapés, pour *La Goutte d'or* traversé le Sahara et passé une matinée dans un abattoir à Chartres, etc. À cela s'ajoute que les travailleurs ainsi approchés sont toujours heureux qu'on s'intéresse à eux et à leur travail — surtout quand ils se sentent plus ou moins méprisés. C'est le hasard qui m'a mis sur la ligne 2, mais je ne le regrette pas. Sa partie aérienne — Stalingrad, Barbès, etc. —, très surprenante vue de la « loge » du conducteur, traverse les quartiers les plus populaires de Paris et la ligne s'achève en beauté avenue Foch, le haut lieu parisien du chic et de la richesse. Mon conducteur me révèle que son obsession est le suicide d'un voyageur — il y a en près de trois cents par an — et l'affreuse boucherie qui en résulte. Certains conducteurs traumatisés ne peuvent plus reprendre leur travail. Il faut parfois faire venir une grue pour soulever le wagon sous les roues duquel se trouve le cadavre, etc. Quant à son rêve, il est simple : être versé sur la ligne 1 (Neuilly-Vincennes) à cause des pneus. « Les pneus, ça change la vie ! », dit-il avec exaltation.

Après les douleurs à la rate qui me promettaient la mort d'Albert Dürer, les rhumatismes aux deux pouces qui m'empêchaient de saisir quoi que ce fût, la pointe aiguë entre les omoplates, annonciatrice d'un rétrécissement des coronaires, et un rhume qui m'a transformé en fontaine de morve, voici qu'une douleur sciatique me torture de la fesse tout le long de la jambe gauche. Ma carcasse ne sait pas quoi inventer pour exhaler sa hargne. Un jour elle inventera de crever.

Jules Renard : *Cimetière. C'est par les sapins que se plaignent les morts.*

La guerre, c'est peut-être la revanche des bêtes que nous avons tuées.

Entendu Philippe Sollers raconter que la sœur de sa mère avait épousé le frère de son père et habitait une maison voisine de la leur qui la reproduisait exactement. Familles-miroirs.

La présence dans la maison pour quelques jours d'un hôte même parfaitement discret éveille inévitablement en moi des friselis d'agacement qui risqueraient très vite de tout gâter. Pourtant mon invité ne fume pas, n'est pas corpulent, ne parle pas trop, mais suffisamment tout de même, etc. L'agacement comme facteur de destruction des couples. Évidemment tout s'arrange si l'on couche beaucoup et bien ensemble. Mais sinon... Dans *Électre* de J. Giraudoux, la reine Clytemnestre explique qu'elle a assassiné son mari le roi Agamemnon, non pour mettre son amant Égisthe à sa place, mais parce qu'il dressait en l'air le petit doigt quand il prenait sa tasse de thé ou mettait sa couronne sur sa tête. De minuscules travers provoquent l'attendrissement quand il y a entente physique, mais dans le cas contraire, ils peuvent susciter une irritation explosive.

Visite à l'étrange Georges Roditi que j'avais connu quand il était directeur littéraire des Éditions Plon. Toute sa vie il a écrit et réécrit un petit livre intitulé *L'Esprit de perfection.* Il est enchanté quand je lui apprends que j'ai l'intention de le faire entrer dans mon roman *La Couleuvrine* sous l'aspect d'un juif de Salonique résidant à Venise au XVIe siècle et s'appelant Giorgio Roditi auquel je prêterai des propos tirés de son livre. Il a eu une sœur qui s'est suicidée par amour pour Friedrich Sieburg en laissant une fille, laquelle est devenue Annabelle Buffet. Il a quatre-vingt-dix ans et se dit gâteux. Je lui demande comment se manifeste son gâtisme. Il me répond : par des larmes. Il n'avait jamais pleuré. Depuis peu, il est envahi à toute occasion par un attendrissement qui lui tire des flots de larmes.

Parce qu'il y a cinquante ans les Américains débarquaient en Normandie, TF1 diffuse le film de Cornélius Ryan et Daryl F. Zanuck *Le Jour le plus long* dans une version « colorisée » (pourquoi pas « coloriée » ?) et Arte évoque l'événement par des bandes authentiques de provenance américaine, anglaise et allemande. Le contraste est saisissant entre la brutale vérité de ces films d'actualités noir et blanc et la tartine de confitures caramélisées de ce western où l'on reconnaît, déguisés en GI, John Wayne, Robert Mitchum, Henry Fonda, Sean Connery, etc. Pour mieux ridiculiser la Résistance française, on a fait appel pour l'incarner à l'Italienne Sophia Loren et à Arletty qui vivait notoirement à l'époque avec un officier allemand. Cette « colorisation » nous met en face d'une vérité difficile à admettre, mais inéluctable : le réel où nous vivons n'est pas en couleurs. Il n'est d'ailleurs même pas en noir et blanc. Il est gris. Gris comme les films d'actualités qui nous le font sentir.

Voyage en Suisse. On m'emmène voir les fameuses chutes du Rhin à Schaffhausen. Me souvenant de la description apocalyptique qu'en donne Victor Hugo dans *Le Rhin*, je trouve cela — sans Hugo — un peu décevant, mais beau, agréable et d'une grande fraîcheur — dans tous les sens du mot. Je me demande quel peut être l'effet physiologique — notamment sur les nerfs et sur l'audition — de ce grondement subi sans interruption par les riverains. (Citation de V. H. : *À l'endroit le plus épouvantable de la chute, un grand rocher disparaît et reparaît sous l'écume, comme le crâne d'un géant englouti, battu depuis six mille ans de cette douche effroyable*[...] *L'âpre sentier qui descend du château de Laufen à l'abîme traverse un jardin. Au moment où je passais assourdi par la formidable cataracte, une enfant habituée à faire ménage avec cette merveille du monde jouait parmi les fleurs et mettait en chantant ses petits doigts dans des gueules-de-loup roses.)*

Certains hommes — notamment des écrivains (Ernest Hemingway, Romain Gary) — se seraient suicidés parce qu'ils se seraient sentis devenir sexuellement impuissants. Devant une pareille sottise, les bras m'en tombent. Et puis je me dis qu'un certain degré de bêtise peut être en toute justice puni de la peine de mort. La limite ayant été franchie, ces hommes se sont exécutés eux-mêmes. Justice est faite. À noter qu'aujourd'hui la pilule Viagra a mis fin à ce genre de drame. Misère, misère, misère !

Je comprends parfaitement en revanche le suicide d'Henry de Montherlant. Le jeudi 21 septembre 1972 à 16 heures il s'est tiré une balle dans la tête en laissant ce mot d'explication : « Je deviens aveugle, je me tue. » Je venais d'arriver avec Édouard Boubat à Vancouver. J'ai appris la nouvelle la nuit par la radio. Plus tard Claude Gallimard m'a appris un curieux détail de cette mort. Montherlant lui avait dit récemment : « Je ne me sens pas en sécurité. J'ai un revolver, mais je n'ai pas de munitions. Pourriez-vous m'en trouver ? » Claude Gallimard confie à son fils Christian l'arme avec mission de la garnir de balles. À cette époque André Malraux, ministre de la Culture, faisait des apparitions rue Sébastien-Bottin accompagné d'un garde du corps. Christian Gallimard s'adresse à ce dernier. « C'est exactement le calibre de mon arme », dit-il. Et il charge le revolver que Claude Gallimard rend ensuite à Montherlant. C'est donc avec des balles destinées à la protection d'André Malraux qu'Henry de Montherlant s'est tué. Curieuse passerelle jetée entre deux écrivains de la même génération que tout par ailleurs séparait.

P.S. : Tout les séparait vraiment ? Je me suis longtemps demandé pourquoi j'éprouvais une antipathie égale et de même nature pour quatre écrivains de la même génération : Henry de Montherlant, André Malraux, Louis Aragon et François Mauriac. C'est qu'en dépit de leurs immenses différences, ils avaient un point commun, un père spirituel commun dont la seule évocation me fait fuir, comme l'odeur du putois fait fuir le lapin : Maurice Barrès. Malgré tous mes efforts, je n'ai jamais pu comprendre l'énorme ascendant qu'il a pu exercer sur ses contemporains plus jeunes.

La chaleur caniculaire qui sévit depuis deux semaines se détend enfin dans une faible pluie orageuse. Je ne connais pas de plus grande exaltation des arbres et des champs céréaliers que cette rémission pluvieuse. Promenade sur le « plateau ». Les épis d'orge ploient leurs plumeaux lourds et dorés sous la pluie. Je m'avise pourtant que des pans entiers dudit plateau ne sont plus cultivés et se hérissent de tiges capricieuses et indéfinissables. Adam ne s'est pas donné la peine de donner des noms aux plantes folles qui poussent dans les friches. Il aura donc fallu que je voie cela aussi : après la fermeture de l'école de mon village, le « plateau », notre plateau tournant au terrain vague.

Quand une souris voit passer une chauve-souris, elle s'écrit : « Oh un ange ! »

Présentation à la télévision de l'hydroptère, le voilier volant d'Éric Tabarly. Dressé sur ses béquilles, il atteint des vitesses supérieures à soixante-dix km/heure. Il est vraiment remarquable qu'au cours d'une histoire millénaire, la marine à voile n'ait jamais cessé de se perfectionner alors que bien évidemment toutes ses données et tous ses problèmes étaient réunis dès le premier jour. L'hydroptère constitue une date dans cette histoire faite de courage, d'élégance et de douceur.

Plus j'avance, plus je regrette de n'avoir pas été un écolier puis un étudiant surdoué. Dévorer tous les livres, exceller en mathématiques, en musique, dans tous les jeux intellectuels, me rendre maître de toutes les langues. Une tête énorme où tout le savoir humain serait emmagasiné. Cela doit suffire à faire le bonheur d'une vie et tenir lieu de voyages, d'amours et même d'inventions. Je prends là le contre-pied de Faust au début de la pièce de Gœthe. Vieillissant il s'aperçoit qu'il sait tout, mais qu'il a oublié de vivre. Ce qui m'en sépare fondamentalement, c'est que de son savoir encyclopédique, il tire la conclusion qu'il ne sait rien, que tout cela n'est que vain fatras et qu'il aurait mieux fait de boire et de trousser des filles, comme ses camarades. Pour moi le savoir est incomparable de beauté et de profondeur. Il y a des abîmes de lumière dans la philosophie, des subtilités exquises dans les mathématiques, des clefs d'une foudroyante efficacité dans les sciences, et surtout, ah, surtout des beautés d'une majestueuse grandeur dans les lettres et les arts. Mais toutes ces richesses doivent être méritées pour être conquises. Ah, d'un coup de baguette magique avoir à nouveau dix ans, et sachant tout ce que je sais, tout refaire, tout revivre mieux, plus fort et en somme parfaitement. Mener une vie parfaite. Idée d'un roman intitulé *Michel 2 ou la Vie parfaite.*

Grande question dans une « vie parfaite » : *quid* de la création, de l'invention avec les déséquilibres, les manques et les bavures qu'elles impliquent ?

Un écrivain inspiré est celui qui est dépassé par son propre texte.

Les Français n'ayant lu de Descartes que la première phrase du *Discours de la méthode* et l'ayant prise à contre-sens prêtent à l'épithète « cartésien » le sens de : attaché au gros bon sens. J'ai entendu à la radio cette énormité : « Les Français sont trop cartésiens pour avoir le sens de la métaphysique. » Alors que Descartes a fondé la métaphysique moderne avec une audace qui n'a jamais été surpassée.

Je reçois aujourd'hui une édition du *Dictionnaire philosophique* de Voltaire, et c'est là que je trouve le traité du gros bon sens, plat, d'une indécrottable médiocrité. J'ai rarement lu un livre plus désespérant. D'une façon générale Voltaire bénéficie en France d'une surévaluation monstrueuse. Que reste-t-il de son œuvre ? Quelques petits contes secs, plats et sans poésie, et un immense théâtre que personne ne songe plus à jouer. Mais il incarne l'intellectuel drôle et léger que les Français prennent pour idéal, oubliant que les plus grands Français s'appellent Corneille, Balzac, Victor Hugo, Zola, etc. et sont lourds, majestueux et forts.

Que ma mémoire fonctionne comme le cadran solaire qui n'indique que les heures ensoleillées.

Je rentre de voyage par une chaleur accablante. Vers 20 heures j'ouvre les fenêtres et les volets. Par la fenêtre de la salle à manger où je me penche vers le jardin, je vois se hisser à l'intérieur une bestiole que je prends d'abord pour un chat, mais d'après son nez pointu et sa queue touffue ce doit être plutôt un putois ou un furet. Sans se soucier de moi le moins du monde, il visite soigneusement toute la pièce en s'intéressant plus particulièrement aux bûches de la cheminée. Puis passe dans la bibliothèque en examinant chacun des livres qui jonchent le sol, comme pour voir si l'un ou l'autre est écrit en putois. La visite dure bien vingt minutes. Cependant j'ai ouvert tout grand la porte du jardin et disposé dehors une assiette de lait. Mon visiteur sort, vide tranquillement l'assiette et disparaît dans les herbes. En consultant un dictionnaire, j'apprends que le furet est un putois domestique souvent choisi albinos, c'est-à-dire avec des yeux rouges et des poils blancs.

30 juin. Dernier jour du plus lumineux des mois de l'année. Pourtant l'été n'a pas encore commencé.

Leonardo, onze ans, dit de sa grand-mère : « Je ne veux pas la quitter, sinon quand elle sera morte, j'aurai des remords. »

Dans mon jardin, une cane de colvert s'est mise en ménage avec l'un de ses fils. Pour se venger, la nature a frappé ses œufs de stérilité. Elle les couve néanmoins avec obstination. Par deux fois, je l'ai surprise en train de casser l'un de ses œufs et d'avaler son contenu. Puis bizarrement elle va laver les coquilles dans le bassin. Sinistre caricature qu'elle m'offre de moi-même, couvant indéfiniment des manuscrits d'œuvres projetées et naufragées.

F. F. fait des travaux de maçonnerie dans le jardin. Type de Français rural caractéristique. Je peux lui demander tous les travaux de nettoyage, jardinage, lessivage ou autres à condition qu'ils se situent *à l'extérieur.* Mais laver un mur intérieur, passer l'aspirateur ou simplement porter sur l'évier les tasses où nous venons de prendre le café, pas question. Cela serait sans doute contraire à sa dignité virile : tâches domestiques exclusivement féminines. D'où pour ces hommes la nécessité absolue de se marier.

Le jeune S. L. est sujet à des crises d'épilepsie. On me dit que ces crises, particulièrement nombreuses pendant l'enfance, se raréfient dès l'adolescence. Il me vient une idée : l'orgasme sexuel ne serait-il pas une crise ayant assez d'affinité avec la crise d'épilepsie pour la rendre inutile en se substituant à elle ? En se masturbant, l'adolescent épileptique prend — si j'ose dire — son haut mal en main et le soumet à son bon plaisir.

Je dis à M.W. : « Je rêve d'écrire un grand chef-d'œuvre et de connaître un grand amour ». Il me répond : « Tel que je te connais, je te vois plutôt écrire un grand chef-d'œuvre. »

JUILLET

Le temps lourd et chaud se résout en une pluie abondante qui rafraîchit fortement l'atmosphère. Les vitres se couvrent de buée. Phénomène intéressant parce que se traduisant par des dessins, des signes, tout un graphisme dû apparemment au hasard, en vérité à un déterminisme rigoureux où jouent la physique des surfaces, l'hygrométrie, la densité atmosphérique, etc.

Citation :

Moi, voici trente ans que tous les matins avant de me mettre au travail, j'avale mon crapaud, en ouvrant les sept ou huit journaux qui m'attendent sur ma table. Je suis sûr qu'il y est, je parcours vivement de l'œil les colonnes, et il est rare que je ne le trouve pas. Attaque grossière, légende injurieuse, bordée de sottises ou de mensonges, le crapaud s'y étale dans ce journal-ci quand il n'est pas dans ce journal-là. Et je l'avale complaisamment. Émile Zola.

La petite I. P. vient passer la journée ici. Il fait si beau qu'elle ne résiste pas, elle se met toute nue au soleil... au grand esbaudissement de mon jardinier. Je crains un moment que distrait il ne se blesse avec sa faucille ou son sécateur.

À Coutainville avec M. W. Un vent de N.-O. froid et violent rend les bains héroïques. La chair se hérisse à l'idée de s'immerger dans l'élément glacé. Mais il faut y aller. De sombres idées de suicide m'effleurent en marche vers le flot. Puis c'est le saisissement, la brève suffocation, une manière d'agonie. Et aussitôt après, le bien-être. L'élément me berce, m'entoure, je me laisse aller. Je n'ai plus froid. Je ne comprends plus mes craintes, mes réticences, mon hérissement. Je suis bien. Je suis mort.

M. W. a de graves problèmes oculaires. Il doit se faire opérer incessamment. Mais on dirait qu'il surcompense cette infirmité menaçante par une acuité visuelle surprenante, accompagnée d'une mémoire des images hypertrophiée. Il reconnaît et identifie des personnes entrevues l'année dernière furtivement. Notre restaurant habituel se trouvant à proximité d'une banque, il surveille le distributeur de billets et prétend de sa place voir les sommes — toujours dérisoires — que les clients viennent retirer.

Grand beau temps. Nous assistons à 21 h 30 exactement au coucher du soleil. Je supplie ma mémoire de se souvenir aux jours sombres de la radieuse splendeur de la baie de l'Arguenon. Il me semble que si j'avais cela toujours à portée de quelques pas, le malheur serait à tout jamais exclu de ma vie. Histoire-géographie. Les minables misères de mon histoire personnelle lavées par la calme magnificence de la géographie.

Découverte de l'essence du chocolat. C'est le sucré viril, une friandise certes mais ni enfantine ni féminine comme toutes les autres. Une friandise d'homme. D'où sa couleur et sa saveur. D'ailleurs le chocolat a été introduit en Europe par les Espagnols, peuple « macho » par excellence. À la cour de Madrid, il était tellement en faveur que l'archevêque avait décrété que sa consommation le matin n'empêchait pas la sainte communion à l'opposé des autres aliments.

J. R. incarne le cas intéressant de l'homme-sexe rattrapé par la vieillesse. Don Juan devenu vieux. Il me raconte : « Dans l'avion Orly-Marseille, une très jeune adolescente me blesse par l'évidente certitude que je ne la reverrai jamais. Pendant les brèves minutes du vol, je m'imprègne passionnément de sa présence. Je la bois des yeux. Comment parvient-elle à m'ignorer ? Le cas se présente de plus en plus souvent depuis que je ne suis plus amoureux de personne. Ma faculté d'amour ne se réveille plus que passagèrement, lors d'apparitions éphémères et sans espoir de lendemain. Élans, élancements, puis retombées amères et délicieuses. »

Les lys du jardin s'épanouissent tous en quelques heures. Je songe aux vers de Victor Hugo :

On était dans le mois où la nature est douce,
Les collines ayant des lys sur leur sommet.

Et Booz, le héros du poème, s'exclame devant l'amour qui se présente inopinément :

Le chiffre de mes ans a passé quatre-vingt !

Voilà qui me convient !

Visite de mon traducteur roumain Sergiu Ruba. Je suis surpris de le découvrir aveugle. Il est guidé par une jeune femme. Il me dit : « J'ai vu jusqu'à onze ans. Je me souviens des couleurs. » J'admire son entrain, sa curiosité, son érudition. Les aveugles m'inspirent une sorte de terreur sacrée. J'ai découvert cela enfant en présence de l'écrivain égyptien Taha Hussein dont la femme était une cousine de ma mère. J'y fais allusion. Aussitôt Ruba mentionne son livre majeur *Le Livre des jours.* Je suis convaincu que pour moi, la cécité, ce serait le suicide immédiat. Donc les aveugles m'apparaissent comme des morts-vivants.

Qu'on le veuille ou non, et sans aucune intervention volontaire de notre part, la vie est une succession de « périodes ». Régulièrement une période s'achève et une autre commence. Une page se tourne. C'est la mort d'un proche, une maladie grave, un changement de profession, un déménagement, une rupture, etc. Souvent on ne prend conscience de la « page tournée » et du changement d'atmosphère que longtemps après.

Une énorme cane de Barbarie — rouge et noir — a pris possession du jardin. À force de disputer sa gamelle à la chatte, elle est devenue complètement carnivore. Chaque matin elle m'attend devant la porte. Il faut que je lui ouvre des boîtes de pâtée pour chien quelle avale à une vitesse étonnante. Cela ne l'a pas empêchée de pondre trois œufs quelle couve consciencieusement. Je doute que cette couvée tardive et parcimonieuse aboutisse à quelque chose, mais qui sait ? Sans doute a-t-elle lu Guillaume le Taciturne : « Il n'est pas nécessaire d'espérer pour entreprendre, ni de réussir pour persévérer. »

Juillet s'épanouit dans une canicule. C'est le mois de l'été actif. On travaille encore. Il y a les forçats du Tour de France. Bientôt ce sera, avec août, l'été passif. Maisons et magasins fermés, torpeur généralisée. On fera la queue devant la seule boulangerie ouverte du canton. C'est qu'ici nous sommes à la fois à la campagne et à Paris. Pas question d'estivants. Les vacances vident la région. Heureux présage : je vois passer deux hérons dans mon ciel. Ils sont facilement reconnaissables à leur cou replié en « S » à l'opposé des flamants roses qui volent le cou tendu à l'horizontale.

La mémoire immédiate. On récite au « sujet » une série de chiffres de plus en plus longue. Il faut qu'il répète de mémoire. On mesure ainsi sa mémoire immédiate laquelle se révèle très variable d'un individu à l'autre. Les personnes ayant une mémoire immédiate faible ne peuvent lire de très longues phrases. En effet pour comprendre une phrase longue, il faut en garder le début en mémoire, ce qui n'est pas à la portée de tous. Certains perdent le fil et se noient dans la phrase de Proust ou de Thomas Mann.

Pluie. Je partage l'assouvissement de mon jardin buvant de toutes ses fissures. Les taches rousses de la prairie s'effacent avec une rapidité surprenante. Une odeur puissante monte de la terre fécondée.

Convié à un jeu radiophonique intitulé « Si j'étais le vizir ». On se fait attribuer un portefeuille ministériel et on annonce son programme. Je demande la Défense nationale. Je débaptise aussitôt mon ministère pour l'intituler « de la Civilisation ». Civilisation : opération par laquelle les militaires sont transformés en civils. Par exemple le défilé militaire du 14 Juillet doit faire place à une parade dont Jean-Paul Goude nous a donné l'exemple le 14 juillet 1989. L'avion *Rafale* doit faire place à une génération de Canadair destinés à lutter contre les incendies de forêt. Le porte-avions *Charles de Gaulle* doit devenir un ensemble de courts de tennis, une sorte de Roland-Garros flottant, etc.

Ce matin Ghislaine, ma petite facteuse, sonne à ma porte. Je crois d'abord à une lettre recommandée. Pas du tout. C'est pour me dire qu'elle n'a aucun courrier à me remettre. Comme c'est la première fois que cela se produit, elle a craint que je l'attende en vain.

Au cinéma du supermarché des Ullis, péplum américain avec Marlon Brando, Charlton Heston, Kirk Douglas, etc. La lumière revient, on se lève et j'entends une petite fille s'exclamer : « Ah, en ce temps-là les hommes étaient quand même plus beaux qu'aujourd'hui ! »

Promenade crépusculaire sur le « plateau » qui est comme l'amorce de la grande plaine beauceronne. À cinquante kilomètres se dresse le clocher de Chartres. D'énormes faucheuses-batteuses évoluent lentement en oscillant comme des bateaux, entourées d'un glorieux nuage de poussière. L'une d'elles s'arrête à ma hauteur et le conducteur me fait monter près de lui. La cabine est insonorisée et climatisée. Il m'explique qu'on récolte ainsi de préférence en fin d'après-midi, car c'est alors que le taux d'humidité des champs est le plus faible. La fertilité des champs est devenue formidable ces dernières années : cent quintaux à l'hectare. En revanche le besoin de main-d'œuvre s'est effondré. Deux ouvriers font aujourd'hui le travail de cent il y a un siècle. Tout cela me paraît inquiétant. Pendant la guerre je travaillais aux champs en Bourgogne. C'était très dur, mais la récolte créait une petite société réunie comme pour une fête. Surtout les jours où la batteuse était en action. Tout le village participait au travail avec une quantité fantastique de nourriture et de boissons.

Mort de K. F. Celui qui n'a pas perdu son meilleur ami ne sait pas ce qu'est la mort. Levée du corps à l'hôpital Cochin. Je vois son visage cireux et émacié dans son cercueil. Cimetière du Père-Lachaise. Le crématorium ressemble à une mosquée qui serait en même temps une usine à gaz. Sur les marches joue et danse une petite fille de quatre ans en robe noire et col blanc. Ses longs cheveux blonds filtrent le soleil. Je suis surpris de voir dans le petit groupe que nous formons une majorité d'inconnus. K. F. pratiquait en somme des amitiés compartimentées. Il se gardait de réunir des amis également intimes, mais qui n'avaient aucune affinité entre eux et qui n'avaient aucune chance de se plaire réciproquement.

Je ne me libère pas de cette idée que K. a pris sur lui dans sa longue et douloureuse agonie tous les malheurs accumulés dans ma vie ces deux dernières années. Grâce à lui je vais connaître un nouveau départ, une dernière période avec un grand chef-d'œuvre à écrire et un grand amour à vivre.

L'atrabile. Quand elle coule de votre cœur, on dirait qu'elle attire le malheur, lequel accourt des quatre horizons.

Je me livre enfin à une corvée que je repousse avec horreur d'année en année : mettre à jour et au propre mon carnet d'adresses. J'en compte quatre cent cinquante. En vingt ans il y a un tiers de morts. Je note également que la division de l'humanité en nomades et sédentaires se retrouve clairement dans ce petit échantillonnage. Il y a ceux dont l'adresse ne bouge pas et ceux qui accumulent les déménagements.

J'appartiens à la première espèce, mais dans ce genre P. M. me bat largement. « Non seulement j'habite la maison de mes parents, me dit-il, mais je couche dans le lit où je suis né. J'espère bien y mourir. »

Je savoure un porto en lisant mon journal. Ce n'est pas rien : depuis trois mois je m'interdisais toute boisson alcoolisée. J'ai pu répondre ce matin à trois questions : 1. Suis-je capable de cette abstention ? Réponse : oui. 2. Est-ce que cela me prive ? Réponse : oui. 3. Quels avantages en ai-je retirés ? Réponse : aucun.

Je visite à Saint-Arnoult, à proximité de chez moi, la propriété d'Aragon et d'Elsa Triolet où ils sont enterrés et qui est transformée en lieu de pèlerinage. J'ai reçu un jour un roman dédicacé d'Aragon avec cette mention : « Savez-vous qu'Elsa et moi nous avons visité et failli acheter votre presbytère ? » Non, je ne savais pas. Il est clair d'ailleurs que ma modeste maison ne supporte pas la comparaison avec l'immense et somptueuse propriété de Saint-Arnoult.

À nouveau la Coupe mondiale de foot envahit bruyamment les médias. J'en retiens cette perle : un joueur de l'équipe de France ne desserre pas les dents quand ses camarades chantent *La Marseillaise.* Il s'explique : « C'est parce que chanter *La Marseillaise,* ça m'émeut et ensuite je joue moins bien. »

Trois consolations s'offrent à la vieillesse : l'argent, le pouvoir et la célébrité. À cela s'ajoute que ces dons s'accompagnent d'une dimension érotique. L'homme riche, puissant ou célèbre est sexuellement désirable. Une application triviale et minime — mais révélatrice — de cette vérité apparaît dans la visite que l'on fait à son banquier ou à son inspecteur des impôts : il y a un déballage de l'intimité financière qui s'apparente à un déculottage chez le médecin avec une indécence plus relevée tout de même.

P.S. : Il est remarquable que des hommes détenant un pouvoir politique majeur meurent très rapidement dès lors qu'ils en sont privés. La liste des cas récents serait longue et facile à établir depuis le roi Farouk et le shah d'Iran jusqu'à Erich Honecker et François Mitterrand. On dira qu'ils étaient déjà gravement malades. Oui, mais le pouvoir les maintenait en vie. Déchus, ils se laissent mourir.

Si vis vitam para mortem. La mort, partie intégrante de la vie. Une vie pleine et entière contient sa propre mort.

Mort de Jeanne Calment à Arles dans sa cent-vingt-troisième année. C'était la doyenne de l'humanité. Quand on l'interrogeait sur son régime elle disait : « Il faut être raisonnable. À cent quatorze ans j'ai arrêté l'alcool et le tabac. »

Sur la plage, deux filles très exemplaires, quatorze et seize ans. Assez lourdes, le nez épaté et retroussé, mais éclatantes de fraîcheur. Blondes, bleu et rose, les cuisses onctueuses, les épaules pulpeuses, tout le corps doré par le soleil comme une brioche. Porcines avec leur mufle épais et sensuel, mais triomphalement charnelles, elles sont la négation des mannequins squelettiques recherchés pour les défilés de mode. C'est ainsi que la peinture traditionnelle de Rubens à Renoir voulait que fût la femme. C'est la fusion en une seule pulsion de l'appétit alimentaire et du désir érotique.

Je comprends soudain la merveilleuse fécondité de l'opposition faim-soif. La faim de chair, de la chair d'autrui, anthropophagie. Mais au contraire soif de tendresse. Spiritualité de la soif. Seule la soif mène à l'ivresse. Les curés savent ce qu'ils font en se réservant la communion sous l'espèce du vin et en délaissant au commun des fidèles la communion sous l'espèce du pain. Des choses si simples et si évidentes qu'il faut du génie pour les découvrir, mais ensuite elles brillent pour l'éternité.

Des orages dans le voisinage rafraîchissent la canicule pesante d'hier. Des rafales de vent sont envoyées du sud.

Jeux olympiques. Je suis avec passion les épreuves de l'athlétisme notamment les athlètes féminines qui triomphent si bellement de l'affreuse « féminité » traditionnelle. Je propose une idée concernant les épreuves de course. Elles se jouent désormais sur des fractions de seconde. Les moindres détails de leurs conditions ont leur incidence. Or l'un de ces détails, c'est la circularité des pistes. Tourner en rond, prendre des tournants, indiscutablement cela coûte des fractions de seconde. Il est certain qu'on s'en avisera un jour ou l'autre et qu'on décidera de ne plus courir que sur des pistes rectilignes. C'en sera fini du stade ovale classique avec ses gradins en corolles.

La marée a une heure de retard chaque jour. En somme elle fonctionne sur un cycle de vingt-trois heures. Si elle fonctionnait sur un cycle de vingt-quatre heures, il y aurait une terrible monotonie dans ces marées hautes et ces marées basses se reproduisant toute l'année à des moments identiques de la journée et de la nuit.

Soleil. Je lui tends ma peau pour me conformer à la nudité estivale. Le corps s'il est blanc et fragile ressemble à un fœtus abandonné par ses vêtements, comme par sa mère. Le bronzage lui confère une faible protection qui le rapproche un peu des animaux à plume, à poil ou à écailles.

Projet d'un « charnier » à installer dans mon jardin : un poteau d'environ deux mètres surmonté d'un plateau hérissé de pointes. J'y fixerais des lambeaux de viande et de poisson pour attirer et retenir les rapaces diurnes et nocturnes grands ducs, éperviers, buses et émouchets.

Affreuses nouvelles de P. H. Il se meurt d'un cancer généralisé. Comme la chimiothérapie lui a fait perdre tous ses cheveux, je lui envoie l'un de mes petits bonnets de laine (non pas tricotés, mais crochetés, attention, ne pas confondre avec ceux de Cousteau !). J'y joins une attestation manuscrite : je l'avais sur la tête en écrivant mes livres, ce n'est donc pas seulement un *couvre-chef*, mais un *couvre-chef-d'œuvre* !

Magnifique orage. Je dîne dans la maison de thé avec C. B. en regardant le jardin fumer et fulminer, tandis qu'un épais rideau de pluie descend du toit à nos pieds.

Désolation de voir finir ce mois de juillet qui est le mois de l'année que je préfère, royal et juvénile à la fois, couronné de lys et parfumé de tilleuls, le meilleur de l'été. Août, c'est l'immobilité estivale qui bascule lentement vers les putrescences de l'automne.

C. H. vient me voir avec sa fille Angela de toute beauté du haut de ses onze ans. Elle est si saine, si épanouie, si apparemment heureuse que je me demande si elle aura jamais assez besoin de quelqu'un d'autre pour sortir d'elle-même. Les petites filles m'ont souvent donné cette impression de suradaptation, de bonheur égoïste inentamable, moins fréquent, il me semble, chez les garçons.

Une idée à creuser : l'influence de la langue parlée depuis l'enfance sur la morphologie du visage. C'est la langue anglaise ou portugaise qui modèle le faciès typique de l'Anglais ou du Portugais, etc. Ce serait l'exemple le plus frappant de l'influence de la culture sur la nature, du triomphe de l'intelligence sur le physique. Dès lors la beauté caractéristique de tel ou tel type national découlerait directement de la beauté de la langue parlée...

La chaleur continue à augmenter. Le ciel se charge d'électricité et blêmit. Des coups de tonnerre grondent, mais pas une goutte d'eau. Orage sec. Une idée folle me vient : pour combattre la chaleur, allumer un bon feu de cheminée, comme en hiver. Se blottir contre la flamme pour se sentir à l'abri dans cette chaleur purement domestique, domestiquée, à l'opposé de la chaleur sauvage qui tombe de ce ciel malade. Je songe à mon boucher au cours de cet hiver rigoureux : il se réfugiait dans son réfrigérateur géant, sa « chambre froide » pour travailler à une température supportable (+ 5°).

Une notion nouvelle intéressante, celle de *pollution lumineuse*. Quand on regarde le ciel nocturne de Choisel, on le voit à l'est embrasé d'une lueur vague. Ce sont les lumières de Paris. Destruction de l'obscurité naturelle par des sources lumineuses artificielles. On avait déjà inventé une sorte de dématérialisation de la pollution avec la notion de *pollution thermique*. Par exemple une rivière est réchauffée par le rejet d'eaux propres mais chaudes provenant d'une centrale atomique. Avec la pollution lumineuse on fait un pas de plus vers la spiritualisation de l'impureté. Bientôt le mal sera purement moral.

Alexandre (neuf ans) : « Tu crois en Dieu? » Moi : « Oui bien sûr! » Alexandre : « Ah bon, parce que moi aussi. Comme ça quand on sera morts, on se retrouvera ensemble au ciel. »

Visites à la clinique chirurgicale de Choisel. J'y découvre des accidentés dont les malheurs sont proprement inimaginables. Un petit Georges de quatorze ans a été précipité par des camarades de classe du haut d'un pont dans l'Yvette. On l'en a sorti avec onze fractures. Un jeune homme a le visage masqué par un pansement. Il me raconte qu'il est cuisinier dans un restaurant et s'y rend chaque jour en vélo. Ce matin-là sévissait un vent violent. En traversant un petit bois, il a reçu une grosse branche qui lui a défoncé la figure.

Un très joli enfant hispano-portugais manipule une paire de jumelles. Puis il la repose d'un air découragé en expliquant que ses cils trop longs lui brouillent la vue.

Mon boucher : « Monsieur Tournier, quand on vous connaît comme moi en vrai, on n'a pas besoin de lire vos livres, hein ? »

Opposition essentielle dans les maux qui nous accablent entre guerre étrangère et guerre civile. C'est vrai pour les maladies. Une maladie microbienne est une attaque extérieure (guerre étrangère), alors que le cancer est une agression de mon organisme contre lui-même (guerre civile). C'est pourquoi la première se traduit par de la fièvre (mon organisme se mobilise contre l'agresseur), alors que le cancer se développe sans fébrilité. Essayer de transporter cette distinction sur le plan moral : chagrin dont la cause est étrangère, chagrin dont je suis moi-même l'auteur (angoisse, dépression, remords, etc.).

Plongée dans les entrailles du métro avec une équipe de « parcoureurs de voies ». Armés d'un marteau et d'une lampe, ils examinent les voies mètre par mètre. Nous avions rendez-vous à la station République sur la ligne 9. Un « protecteur » nous attend sur le quai de la station. Il préviendra chaque conducteur de rame qu'il y a des hommes sur la voie. Cet examen des rails doit se faire pendant le trafic, parce qu'il convient de mesurer l'enfoncement des voies au moment du passage du train. L'écartement des traverses (soixante-dix centimètres) est bienvenu, car il permet tout juste d'y poser les pieds et d'éviter ainsi la pierraille du remblai. Nous « parcourons » République-Oberkampf-St-Ambroise-Voltaire-Charonne-Boulets-Montreuil-Nation. Soit six tunnels en trois heures. On marche toujours race à la rame qui arrive. Normalement une niche permet de s'abriter sur son passage, mais il faut la plupart du temps s'écraser contre le mur et le train vous frôle le corps. Une barre rouge sur le mur signale les endroits où l'espace est trop étroit pour l'épaisseur d'un corps humain. Il faut éviter de s'y trouver, ou alors se coucher au pied du mur. À droite se trouve le rail électrique qu'il faut également éviter. Je suis ébahi de l'audace avec laquelle les hommes l'enjambent sans hésiter. Variété incroyable des objets jetés par les fenêtres par les voyageurs et qui jonchent le sol, bouteilles, boîtes de Coca, bombes à taguer, vêtements, chaussures, seringues, sacs à main (jetés par des voleurs), etc. Impression au total assez grandiose, jeux de lumières et d'ombres, bruits de sources jaillissantes. Je constate en parlant avec les hommes qu'ils y sont sensibles et aiment ce lieu de travail pour eux banal.

Une histoire relevant de l'humour « noir » à double titre : le chanteur noir aveugle Ray Charles s'entend dire un jour par une admiratrice : « Ça doit être affreux d'être aveugle ! » Et lui : « Bien sûr, mais ça pourrait être pire. Je pourrais être noir en plus ! »

Temps glorieux. Les lys sont épanouis et les tilleuls embaument.

Citation :
Il est établi dans son presbytère, comme une garde avancée aux frontières de la vie, pour recevoir ceux qui entrent et ceux qui sortent de ce royaume des douleurs.
Chateaubriand, *Génie du christianisme.*

J'avais écrit à Georges Lubin, spécialiste de George Sand, pour lui demander s'il était exact que la fameuse phrase magique de Gaston Leroux sur le presbytère qui « n'a rien perdu de son charme, ni le jardin de son éclat » provenait de George Sand. Exact. Cela se trouve à la fin de la seconde « Lettre à Marcie », texte rarement réimprimé. À cela près que G. Sand a écrit : « Le presbytère n'a rien perdu de sa propreté, ni le jardin de son éclat ». Ce presbytère est celui d'une petite ville de Lombardie dont le curé a recueilli les trois nièces orphelines Giulia, Luigina et Arpolice.

AOÛT

Réveillé en pleine nuit avec l'impression que quelqu'un se trouvant dehors a appelé « Michel ! » Une voix claire, de femme ou d'enfant. Je suis sur le point de me lever, mais je me dis que quelqu'un voulant me réveiller à coup sûr n'a qu'à actionner la sonnette. Mais a-t-on jamais vu un fantôme appuyer sur un bouton de sonnette ? Il serait curieux — j'aimerais assez — que cela se reproduise. Dans les contes, c'est généralement un appel de l'au-delà, donc un présage de mort. À noter que depuis quelque temps, après un bref réveil vers 3 heures je me rendors et fais un rêve d'une vivacité et d'une cohérence frappantes. Je m'en félicite, car j'ai toujours déploré ma très faible capacité onirique (onirigène ?).

Entendu une curieuse statistique sur les mariages. En règle générale, un homme épouse une femme de condition sociale inférieure à la sienne et donc une femme épouse un homme d'une condition sociale supérieure à la sienne. Il en résulte un maximum de célibataires chez les hommes du niveau social le plus bas et chez les femmes du niveau social le plus élevé. Faute de partenaires.

Une fille richissime verra ses relations avec les hommes empoisonnées par le soupçon lancinant que c'est pour son argent qu'ils la recherchent. C'est le sujet du roman de Stendhal *Le Rose et le Vert.* Dans la réalité, on voit régulièrement les femmes les plus fortunées se lier avec des hommes milliardaires (la Callas, Lady Di), comme les moins suspects de calculs sans doute. Tout cela laisse peu de place au conte de fées qui unit le prince et la bergère.

Voyage en DDR avec le violoncelliste Paul Tortelier qui doit donner un récital pour inaugurer la nouvelle salle de l'Institut français. Curieux personnage exubérant et naïf qui joue avec plus de fougue et de conviction que de nuances. Il me parle de la révolution apportée dans son domaine par les cordes de métal. Pablo

Casals ne voulut jamais renoncer aux cordes de boyau, ce qui donnait à son jeu un ton râpeux et fruste qu'on peut certes préférer à la trop parfaite lisseur des nouveaux instruments à cordes métalliques.

Je dis à Catherine : « La fleur de sureau sent le foutre. » Elle approche son nez et dit : « Ah ? Ça sent comme ça le foutre ? » Je lui demande si elle se moque de moi en voulant se faire passer pour pucelle. Dès lors je la surprends dans la journée à renifler des fleurs de sureau en fronçant les sourcils d'un air préoccupé.

Ce que les Allemands appellent le *Hochsommer* (haut été). La verte jeunesse printanière est loin. Il y a de la fatigue, une sorte d'ivresse de chaleur dans les herbages et les frondaisons. Ça et là des taches jaunes. Je furète longuement un sécateur à la main. Chaleur électrique qui pique la peau. On attend un orage qui n'arrive pas.

Ce qu'il y a de terrible avec le sexe, c'est que sa satisfaction ne le rassasie pas, mais l'excite au contraire de telle sorte que plus on baise plus on a envie de baiser. Comparer la soif naturelle qui se calme avec l'absorption de la quantité de liquide nécessaire à l'organisme et la soif morbide de l'alcoolique qui se creuse d'elle-même sous l'effet de sa propre satisfaction. Mais y a-t-il un désir sexuel « normal » qui s'apaise pour longtemps une fois satisfait ? Chez l'animal peut-être. Chez l'homme, il y a trop de cerveau là-dedans.

En descendant dans le parking souterrain, je perçois une sorte de hululement de sirène. Je me dirige vers la source du bruit et je vois une belle Mercedes blanche dont on a défoncé le pare-brise pour un vol à la roulotte. Des débris de verre jonchent le capot. Le signal d'alerte ne cesse de gueuler. On dirait vraiment une bête blessée qui se plaint.

Une idée de pièce de théâtre. Casanova devenu vieux, perclus de rhumatismes et impuissant, faisant fonction de bibliothécaire au château de Dux-en-Bohême, est devenu le souffre-douleur des servantes du château qui vengent toutes les femmes séduites et abandonnées par lui. D'autre part, écrivant ses fameux *Mémoires,* il fait revivre les épisodes les plus brillants de sa carrière amoureuse. Contrepoint présent-passé.

Le premier mouvement du *Quatrième Concerto pour piano* de Beethoven me revient avec une insistance lancinante, et toujours avec la même surprise émerveillée. Je ne peux m'habituer à la beauté de cette musique. En même temps, elle se donne comme l'équivalent sonore de mon prochain roman. En l'écoutant, je me dis : « Mais bien sûr, mais voilà, c'est comme cela qu'il faut écrire ! » Il me semble que le roman est là tout entier et que je n'ai qu'à traduire cette musique en mots, comme d'une langue étrangère parfaitement maîtrisée.

Examen cardiologique à l'hôpital de Bligny. Je me porte comme un charme. On me donne en souvenir mon électrocardiogramme, délicate calligraphie — tremblante et cependant parfaitement régulière — que mon cœur a tracée au rythme de ses battements. Donc je n'ai rien, je me porte bien. Je n'ai que la mort en moi dont je sens la présence et qui ne se laisse pas un instant oublier. (Me revient le mot de Sacha Guitry peu avant sa mort à son médecin qui venait de lui faire un rapport des plus rassurants sur sa santé : « En somme, docteur, je meurs guéri. »)

Il pleut. Penché par la lucarne du grenier, je constate que l'eau stagne dans le chéneau. J'y ramasse à pleines mains une bouillie dorée : les pistils des tilleuls qui dominent la toiture.

Périodiquement un oiseau vient percuter le carreau de la fenêtre de la cuisine. Généralement il repart indemne. Souvent il tombe assommé sur le sol et reprend son vol quelques minutes plus tard. Une seule fois j'ai ramassé un cadavre.

Je trouve parfois un duvet collé à la vitre. Il est souvent vert, preuve qu'il s'agit d'un verdier. Ce doit être affaire de reflet et de lumière. Une seule fenêtre de la maison provoque cet accident.

Citation de *Simon le Pathétique* de Jean Giraudoux : « Chaque soir dans ton lit, répète-toi que tu peux devenir président de la République. Le moyen en est simple, il suffit que tu sois toujours le premier partout. »

Oui, c'est cela la démocratie. Malheureusement ce processus normal et paisible ne donne que des Albert Lebrun et des René Coty. Pour que naisse un de Gaulle, il faut les catastrophes nationales de 1940 et 1958.

L'illusion de la coïncidence. Cette notion ne résiste pas en effet à l'examen le plus superficiel. Je m'aperçois qu'assis dans le métro, j'ai à côté de moi un monsieur qui s'appelle Michel Tournier. Je m'émerveille de la coïncidence. J'ai tort, car pour m'émerveiller il faut que j'oublie les millions de cas où mon voisin de métro s'est appelé Dupont ou Durand.

La journée est si belle, le jardin si radieux et la maison si avenante que j'éprouve le besoin de commémorer cet instant par une nature morte. Je dispose sur ma table un chandelier, un verre, une carafe et une corbeille contenant une tomate, un avocat et des cerises, et je photographie tout cela en couleurs et en noir et blanc. Bien entendu j'ai fixé mon appareil sur un trépied pour augmenter le « piqué » de l'image. Je pense que les peintres d'autrefois qui faisaient un *Stilleben* obéissaient au même besoin : inscrire dans l'éternité une scène qui y aspire par toute la force de son calme, de son luxe et de sa sérénité.

P. C., mon ami norvégien, à propos du vin : « Chez nous en Scandinavie, on reste sobre toute la semaine et on se saoule à mort le samedi soir. En France, j'ai découvert avec bonheur l'état de semi-ébriété permanent où vivent la plupart des Français. » Je lui réponds que l'équivalent peut être vécu en amour. Certains tombent amoureux et traversent une crise grave. Puis cela passe et ils n'y pensent plus jusqu'à la prochaine fois.

D'autres au contraire vivent dans un état de semi-ébriété amoureuse permanent. Jamais de grande crise, mais une petite fièvre de tous les instants qui leur tient chaud sans les brûler.

Le curé qui fait l'instruction religieuse des futurs premiers communiants s'est aperçu qu'un de ses élèves croyait que le crucifix était un tournevis à lame cruciforme.

Déjeuner avec S. K. Nous parlons de la vie érotique des « vieux ». Il affirme que la célébrité, le pouvoir et l'argent ont un effet d'érotisation, rendant désirables des hommes que leur âge devrait disqualifier. Voir comment les femmes se jetaient dans les bras d'un Picasso, d'un Rubinstein ou d'un Karajan. Je lui rappelle cette réponse de la Callas à laquelle on demandait ce qu'elle aimait chez Onassis : « Il est beau comme Crésus ! »

Dialogue avec des lycéens, l'un d'eux me demande : « Êtes-vous homosexuel ? » Je réponds : « Oui bien sûr, puisqu'il y a au moins deux homosexuels dans mes romans, l'Alexandre des *Météores* et M. Achille de *La Goutte d'or.* Mais je suis aussi fétichiste (pour avoir écrit *Le Fétichiste)*, vieille grand-mère, petit chien, curé, etc., tous les personnages, tous les êtres vivants de mes histoires. C'est cela être romancier. Quant à savoir ce que je suis par moi-même quand j'ai fini d'écrire, je n'en sais trop rien et cela m'importe assez peu. Je ressemble au comédien qui a été Hamlet, Néron, Alceste, Don Juan et Faust, et qui déshabillé et démaquillé n'est plus personne. C'est là sans doute la leçon de l'échec de mon livre *Le Vent paraclet.* Le sujet de ce livre — M. T. — s'est révélé par trop inconsistant. »

Ce même sujet — M. T. — vient de faire l'objet d'un colloque d'une semaine (21-28 août 1990) au château de Cerisy-la-Salle. Il en avait été question jadis, mais j'avais été surpris par cet honneur exorbitant et j'avais réagi par un refus paniqué. Je me voyais en cadavre nu et disséqué entouré par les personnages funèbres chapeautés de noir de la *Leçon d'anatomie* de Rembrandt, ou encore comme un de ces saints Sébastien liés à un tronc que des archers criblent de traits. Il est vrai — me disait-on — que la présence « physique » de l'intéressé n'est nullement nécessaire à ce genre de débat. J'ai demandé à l'auteur du *Rivage des Syrtes* s'il se rendrait au colloque Julien Gracq annoncé pour l'an prochain : « Ah non, m'a-t-il répondu, j'aurais trop peur d'échouer à mon propre examen ! »

Mais comment ne pas répondre à un pareil rendez-vous ? Peut-on laisser des gens venir à leurs frais des quatre coins du monde sans se déranger soi-même ?

Cerisy est un château de schiste sombre qui a fort belle allure au bord d'un étang entouré de grands chênes. L'ensemble est sévère mais accueillant. La surprise fut pour moi la petite société de plus de soixante-dix personnes venues des six coins de l'Hexagone, mais aussi d'Australie, de Chine, du Brésil, de Norvège, de Nouvelle-Zélande, que sais-je encore ! Je les ai bien regardées, cherchant l'air de famille qui les rapprochait, puisque c'était là *ma* famille. Et je l'écris comme je l'ai constaté : j'en suis fier et heureux de cette famille. Je leur ai dit à l'heure des adieux : je vous trouve tous spirituels, subtils, élégants, gais et beaux et je vous aime !

Paul Valéry raconte qu'il se glissa un jour dans un amphithéâtre de la Sorbonne où, devant ses étudiants, Gustave Cohen développait *ex cathedra* une explication du *Cimetière marin* :

Je me sentais mon ombre..., écrit-il. Je me sentais une ombre capturée, et toutefois je m'identifiais par moments à quelqu'un de ces étudiants qui suivaient, notaient et qui de temps à autre regardaient en souriant cette ombre dont leur maître, strophe par strophe, lisait et commentait le poème...

J'avoue qu'en tant qu'étudiant, je me trouvais peu de révérence pour le poète — isolé, exposé et gêné sur son banc. Ma présence était étrangement divisée entre plusieurs manières d'être là.

Il est vrai que l'expérience faite par Paul Valéry avait ceci de particulier : le texte de lui qu'étudiait Gustave Cohen était en vers et le commentaire de Cohen se formulait évidemment en prose. Il s'agissait en somme d'une transcription de la poésie en langage prosaïque, entreprise discutable et peut-être vaine. « Si on s'inquiète de ce que j'ai voulu dire dans tel poème, écrit Valéry, je réponds que je n'ai pas voulu dire, mais voulu faire, et que ce fut l'intention de faire qui a voulu ce que j'ai dit...»

Cette remarque formulée à propos de la poésie serait encore plus valable, je pense, à propos de la musique ou de la peinture. Le « faire » avec des notes ou avec des couleurs est encore moins un « dire » que la poésie, et la distance qui sépare l'œuvre de son commentaire est plus grande encore.

N'ayant moi-même écrit qu'en prose, ce hiatus n'existait pas. Il existait au contraire une affinité évidente entre mes textes et les commentaires qu'ils suscitaient. Soit un petit conte d'une part et un sonnet d'autre part. Qui ne voit que les commentaires dont on entourera le sonnet seront toujours plus ou moins intempestifs, alors que le conte appelle de lui-même son exégèse ? Les réflexions que j'ai entendues à Cerisy allaient dans le sens que j'ai toujours donné à la littérature en général et au conte en particulier. Un poète, un romancier, un novelliste, un conteur ne donne au lecteur que la moitié d'une œuvre, et il attend de lui qu'il écrive l'autre moitié dans sa tête en le lisant ou en l'écoutant. Les œuvres littéraires les plus importantes selon moi sont celles qui ont suscité après elles une postérité renouvelée à chaque génération. Avec mon premier roman *Vendredi*, je me suis inscrit d'entrée de jeu dans la vaste descendance du *Robinson Crusoé* de Daniel Defoe, œuvre géniale par excellence. Mais les ogres, les nains, les vizirs et les reines qui peuplent mes histoires m'ont également été prêtés par mes ancêtres conteurs.

Or en écoutant au fur des heures les communications de Cerisy, j'avais le sentiment gratifiant d'assister *in vivo* à cette cocréation qui fait toute la magie de la lecture. Avais-je eu réellement toutes les intentions qu'on relevait dans mes textes ? Y avait-il d'une de mes histoires à l'autre autant de fils, autant de passerelles ? Oui et non. Car ces intentions, ces fils, ces passerelles existent bien réellement, mais par la seule vertu du commentaire et non par la volonté délibérée de l'auteur.

Nous avons eu un soir l'illustration visuelle frappante et hilarante de ce phénomène d'enrichissement de l'œuvre par sa « lecture ». Il s'agissait du film que Marcel Bluwal a tiré de mon roman *La Goutte d'or* qui nous fut projeté. L'un des épisodes de ce roman est la traversée de tout Paris par mon jeune Bédouin, traînant derrière lui un chameau. Ce qui constitua un choc admirable d'insolite et de drôlerie, c'est le passage de mon Bédouin et de son chameau devant la pyramide de verre de l'esplanade du Louvre. Cette image surprenante ne se trouvait pas dans mon roman, mais elle le couronnait et en quelque sorte le contenait tout entier.

Citations :

Saint Jérôme portait, pour noyer ses pensées dans ses sueurs, des fardeaux de sable le long des steppes de la mer Morte. Je les ai parcourues moi-même ces steppes, sous le poids de mon esprit (Chateaubriand, *Vie de Rancé*).

Le bourreau, en tranchant la tête de la reine d'Écosse [Marie-Stuart], *lui enfonça d'un coup de hache sa coiffure dans la tête, comme un effroyable reproche à sa frivolité* (*Ibid*).

Louis XIV craint le peuple de Paris (qu'il a subi dans son enfance lors de la Fronde) et l'indépendance des aristocrates provinciaux. Il s'installe donc à Versailles et y fait venir les aristocrates à sa cour pour mieux les neutraliser. Versailles résulte ainsi de deux peurs, l'une centrifuge, l'autre centripète.

Le plus grand obstacle que la foi religieuse rencontre en moi, c'est ma crédulité. La foi ne peut naître et croître que dans un milieu spirituel sceptique, rationnel, circonspect, obsédé par la différence existant entre le vrai et le faux. Mais moi, je crois tout et n'importe quoi, les contes de fées, la mythologie, les inventions des poètes et des peintres. L'authenticité historique est dépourvue de sens à mes yeux. Dès lors la foi religieuse confondue avec toutes ces efflorescences ne peut prendre racine ni affirmer la prééminence sans laquelle elle n'est pas.

André Breton marqua d'un « beau signe blanc » l'année 1924 qui « coucha ces trois sinistres bonshommes, l'idiot, le traître et le policier », autrement dit Loti, Barrès et France. Il aurait pu ajouter pour justifier son « signe blanc » la naissance de Michel Tournier. Mais comme Alphonse Allais s'en étonnait, on remarque toujours la mort des grands hommes, jamais leur naissance.

Notes sur la fièvre.

Le corps est en ébullition et l'âme, penchée sur cette marmite de sorcière, observe passionnément le phénomène. Musique, lectures, visites, etc. sont repoussées comme distractions inopportunes. J'ai autre chose à faire. Quoi ? C'est là le mystère. La fièvre du corps absorbe l'esprit, l'empêche de s'ennuyer, de rêver, de s'évader. Ce sont là fantaisies de convalescent. Il semble que le corps exalté par la fièvre, l'esprit débilité par la maladie se rapprochent et s'arrêtent fascinés l'un en face de l'autre. C'est peut-être l'équivalence de la vie animale. Les animaux ne manifestent jamais l'ennui, le besoin de combler des heures vides par quelque activité inventée. Le propre de l'homme est la séparation de l'âme et du corps — que la maladie rapproche.

Je dîne d'un jus d'orange. Je jette un bref coup d'œil à la télévision, puis je me retire dans ma chambre heureux de ces douze heures de tête-à-tête avec ma marmite qui m'attendent. Je ne mange presque rien. Je bois de grandes quantités de thé au citron. Or au bout de cinq jours de ce régime, je n'ai pas perdu un gramme. Il faut admettre que tout ce liquide s'accumule en moi et me ballonne.

Puis la fièvre ayant cessé et un timide appétit ayant reparu, je perds du poids à grande allure, cinq kilos en trois jours. Visiblement tout ce liquide accumulé et retenu en moi par la fièvre s'évacue. Je suis une baignoire qui se vide. Jusqu'où cela ira-t-il ? Compte tenu de mon poids, je calcule qu'en trois semaines de ce régime j'aurai complètement disparu.

Fonction de la maladie. Il convient pour se bien porter d'être aussi parfois malade. Cela tient l'organisme en état d'alerte. Mon père disait : « Je suis comme les chevaux. Quand je me coucherai, ce sera pour mourir. » Nous ne l'avons jamais vu malade. Il s'est effondré en quelques jours sous le coup de plusieurs maladies qui l'ont surpris en plein ahurissement.

Sieste par grosse chaleur. Pour n'être pas importuné par les mouches, deux moyens : l'obscurité (à l'opposé des moustiques, elles ne volent pas dans l'obscurité) et un courant d'air (ventilateur).

Soleil intense. Une petite fille coiffée d'un chapeau de paille immense s'accroupit et se recroqueville pour se mettre tout entière à l'ombre de ses larges bords.

Seigneur fais-moi arriver un grand amour qui illumine et saccage ma vie !

Dans le calme du cœur et du haut été, je ne formule pas cette prière sans trembler, sachant d'expérience que mes vœux pour peu qu'ils soient ardents sont toujours à la longue exaucés.

SEPTEMBRE

Le cœur artificiel. Ce qui est remarquable, c'est qu'il ne cherche nullement à imiter le cœur naturel. Il est fabriqué avec des céramiques de carbone biocompatibles, c'est-à-dire ne suscitant aucune réaction des tissus vivants qui l'entourent. Cette céramique est poreuse et colonisable : logée dans l'organisme, elle se fait oublier et se coule dans le décor, telle une épave envahie par les coraux des grands fonds océaniques. Pas plus que les avions ne battent des ailes comme les oiseaux, ce cœur ne battra comme un cœur naturel. Ce sera une pompe rotative envoyant dans les artères un flot continu. La roue — qui n'existe pas dans la nature — se substitue aux processus naturels discontinus.

Henry de Montherlant : *Quand je m'observe, je m'inquiète. Quand je me compare, je me rassure.*

Berlin. La fenêtre de ma chambre donne bizarrement sur une série de wagons-cages stationnés dans la rue où se balancent sinistrement des ours blancs. Je crois me souvenir d'avoir vu dans des asiles pour enfants handicapés (que je visitais pour les *Météores*) certains autistes se balancer ainsi interminablement. Puisque nous sommes à Berlin, je songe à notre ami, le cinéaste René Crétin qui travaillait pour la Ufa. Ayant à tourner des scènes au pôle Nord, il avait vainement cherché des ours blancs dans les icebergs. En désespoir de cause, sa régie avait loué les ours blancs du Tiergarten de Berlin et les avait transportés par avion sur les lieux de tournage. Le malheur, c'est que ces bêtes nullement habituées au froid polaire avaient pris mal. On craignit pour leur vie. Il avait fallu faire venir un vétérinaire et une cargaison de couvertures. Les ours y restaient emmaillotés, et on ne les en sortait que lors des tournages.

Visite à Mullrose, haut lieu du tir à l'arc. Au moment de décocher, dans l'extrême acuité de la tension, le visage de l'archer se met à ressembler à une flèche. La main est placée sous le menton. La corde de l'arc touche le bout du nez et appuie sur le menton. Certains protègent leur menton avec un sparadrap.

Rencontre avec Renate Stecher championne des cent et deux cents mètres. Trente-six ans, deux filles, un fils en route. Elle me dit qu'aucune femme au monde n'a pu encore courir le cent mètres en moins de dix secondes. Et le deux cents mètres ? J'émets l'idée que les deuxièmes cent mètres bénéficiant de l'élan des premiers cent mètres se courent plus rapidement et aboutissent à un total meilleur que le cent mètres. Elle me détrompe. Dès le cent cinquantième mètre, la fatigue se fait sentir et la vitesse diminue. Elle me dit aussi : pour le deux cents mètres, il y a forcément un tournant et donc un échelonnement du point de départ des coureurs. Or le coureur de la piste intérieure a l'avantage appréciable de voir ses concurrents et d'être entraîné par eux.

L'âge des coureurs. Les sprinteurs sont normalement plus jeunes que les coureurs de fond, mais cela ne veut pas dire qu'un sprinteur devienne coureur de fond en prenant de l'âge.

Mitterrand à Choisel. Une fois de plus il m'interroge sur la DDR dont je reviens justement. Je lui raconte un *Witz* qui court les rues et les salons. Erich Honecker veut enfin savoir ce que les Allemands de l'Est pensent de lui. Il se déguise et va dans une brasserie. Il aborde un solitaire et boit un verre avec lui. Finalement il lui demande : « Dis-moi, camarade, Honecker, qu'est-ce que tu en penses ? » L'homme jette un regard apeuré autour de lui. « Tu veux savoir ce que je pense d'Erich Honecker ? — Oui. — Alors viens avec moi. » Ils sortent ensemble. L'inconnu lui fait prendre la S-Bahn jusqu'au Wannsee. Là il loue une barque, rame jusqu'au milieu du lac et se penchant à l'oreille d'Honecker lui dit : « Tu veux savoir ce que je pense d'Erich Honecker ? — Oui. — Je ne le trouve pas si mal que ça ! »

F. Mitterrand rit à cette histoire, comme je ne l'ai jamais vu rire. Le soir, Éric Orsenna qui était présent ici me téléphone : « Vous savez votre histoire d'Honecker ? Le président l'adore, et il la raconte partout. Et comme ses derniers sondages d'opinion lui sont très défavorables, il ajoute en commentaire : “Ce qui prouve bien que les sondages d’opinion ne signifient rien !” »

La maison hantée (projet de conte). Il était une fois un riche marchand qui désirait se fixer à Ispahan. Il visite plusieurs maisons à vendre dans la ville. L’une d’elles éclipse toutes les autres par sa situation, ses proportions, sa disposition intérieure. Quelle n’est pas la surprise du marchand quand il apprend qu’elle coûte considérablement moins cher que les autres, très inférieures à tout point de vue. Comme il s’en étonne, l’intendant immobilier qui le guide lui explique que cette maison est hantée et que les trois autres propriétaires qui l’ont eue se sont retirés.

Voulant en avoir le cœur net, notre homme va les voir et écoute leur témoignage. 1. Récit du premier propriétaire qui est à l’origine de la malédiction. 2. Récit du deuxième propriétaire. 3. Récit du troisième propriétaire.

Le marchand décide cependant d’acheter la maison, et il s’y installe. Il parvient à élucider son mystère et à mettre fin ainsi à la malédiction. Le tout mêle étroitement la vie passée et présente des quatre propriétaires et s’achève comme une cure psychanalytique. Il faut en somme traiter la maison hantée comme l’inconscient malade et objectivé des propriétaires successifs. Pour guérir la névrose, les trois premiers n'ont pu que déménager. Le quatrième a trouvé la clef du cabinet noir.

Bref voyage à Athènes pour une conférence. Une jeune journaliste m'accueille dans un studio de télévision. Elle ne sait vraiment pas quoi me dire. Comme le studio est tapissé de photos de dieux grecs, elle me demande finalement auquel je souhaite le plus m'identifier. Pris de court, je réponds au hasard : « Oh moi, vous savez, c'est le Manneken Piss de Bruxelles qui m'inspire le plus ! » Affolement au studio. On cherche fiévreusement un dictionnaire. On parvient enfin à exhiber une photo du Petit-homme-qui-pisse. Grâce à moi, les Athéniens connaissent maintenant le plus vieux citoyen de Bruxelles.

Dîner à Auffargis chez mon frère Jean-Loup. Au retour la traversée de la forêt de Rambouillet s'escorte d'un bestiaire grouillant. Des milliers de grenouilles traversant la route s'écrasent sous mes pneus. Des petits lapins aux yeux luminescents giclent dans les phares. Un gros hérisson disparaît en haut du talus. Une chouette agite ses ailes de coton devant mon pare-brise.

L'homme hystérique. L'association est en principe contradictoire. En effet *hystérique* vient du grec *hustera,* utérus, et ne s'applique étymologiquement qu'à la femme. Le docteur Charcot s'était fait un nom en exhibant à la Salpêtrière des femmes qui extériorisaient leurs troubles mentaux et physiologiques par des crises éminemment spectaculaires. La présence d'un public nombreux et mondain y était à coup sûr pour quelque chose. La « crise d'hystérie » relevait d'une théâtralisation comportant des numéros classiques comme la position sur le dos en arc de cercle, le corps ne reposant plus que sur le crâne et les talons, les convulsions accompagnées de cris aigus, etc.

Il est bien remarquable que cette pathologie après avoir connu une floraison a considérablement régressé depuis un siècle. La société de l'époque y est certainement pour quelque chose. On peut se demander même si le trouble hystérique ne s'est pas transporté d'un sexe à l'autre. Vivons-nous à l'âge de l'homme hystérique ?

Le respect de l'étymologie permet la définition suivante de l'hystérie : c'est le sexe qui monte à la tête. L'hystérique ne pense ni n'agit plus avec son cerveau, mais avec son sexe. On constate aussitôt que l'homme avec sa fière « virilité » est la victime d'une hystérie incomparablement plus ancienne et surtout plus dangereuse que celle de la femme. Que l'on songe à toutes les guerres qui ont été déclenchées par des chefs politiques ivres d'orgueil viril.

C'est plus évident encore à l'échelle individuelle. Le « point d'honneur » est à l'origine de duels innombrables qui ont décimé l'aristocratie pendant des siècles. Il est consternant que *Le Cid* de Corneille soit la pièce classique la plus lue et commentée dans les écoles. Il s'agit là de l'apologie du crime le plus stupide qui se puisse concevoir. « Viens, tu fais ton devoir et le fils dégénère qui survit un moment à l'honneur de son père. » Nous allons donc nous entretuer pour rien, pour la beauté du geste et de la parole. Or il est bien remarquable que seuls les hommes se battent en duel. Les femmes apparemment n'ont pas de « point d'honneur ».

Certes on ne se bat plus en duel. Mais c'est sans doute que le machisme meurtrier a trouvé mieux. Il s'est épanoui dans l'automobile. Il suffit de rouler quelques heures sur les belles routes de France. On se trouve plongé dans une société dont la folie agressive donne des suées d'angoisse et d'indignation. On constate que nombre d'hommes en temps ordinaire censés et pondérés deviennent des brutes imbéciles dès lors qu'ils ont un volant entre les mains et un accélérateur sous le pied. On connaît le beau résultat : plus de huit mille morts et trois cent mille blessés chaque année en France. Or les femmes sont très minoritaires parmi les responsables du massacre. L'assassin type du volant est masculin et jeune. C'est qu'il ne conduit pas avec sa tête, mais avec son sexe. Il suffit pour s'en assurer d'entendre la colère qu'il exprime dès lors qu'il est question de limitation autoritaire de la vitesse automobile. Il affirme avec une espèce de hargne et contre toute évidence que la vitesse n'est pour rien dans les accidents. Visiblement il a perdu la tête. Ce n'est plus lui qui parle, c'est sa « virilité ». Étymologiquement, il est en état d'hystérie.

Mais il faut avoir le courage et la franchise de l'écrire. Le plus répugnant dans le phénomène automobile, c'est qu'on n'échappe pas soi-même à cette triste contagion. Impossible de prendre le volant sans ressentir, à l'état naissant au moins, ces pulsions meurtrières. Il n'est bien sûr que de les maîtriser. Sans doute, sans doute, mais c'est déjà trop de s'être senti sali et humilié en les percevant affleurer chez le plus paisible des êtres, moi-même...

29 septembre. Le ramoneur vient curer mes cheminées. Mais avant toute chose il me souhaite une bonne fête. Hé oui, c'est la Saint Michel aujourd'hui ! En Allemagne le ramoneur porte un chapeau haut de forme et est considéré comme magique. Dans la rue les enfants accourent pour le toucher. Ça porte bonheur !

Claude Bernard : « Dans mes recherches sur la sensibilité des plantes, j'ai vu qu'on peut arrêter la végétation et la floraison par des anesthésiques. Si l'on prend une plante, une renoncule par exemple, qui a la faculté de continuer à pousser et à fleurir dans l'eau, et qu'on ajoute quelques gouttes d'éther ou de chloroforme à cette eau, on voit que tout s'arrête et que la plante reste stationnaire. Mais le phénomène remarquable est que la plante arrêtée ne se flétrit plus : la corolle conserve tout son éclat et le bouton garde toute sa fraîcheur. On a réalisé la fleur au bois dormant. Que ne peut-on arrêter ainsi les humaines fleurs ! Leurs charmes seraient moins fugitifs et sans doute aussi leurs sentiments. » Quand la science la plus rigoureuse débouche sur la féerie.

Petites douleurs cardiaques qui me font espérer une mort rapide et proprette.

Visite dans un collège de banlieue dite « sensible ». Toutes les races paraissent représentées par les élèves. Je parle au directeur de la mixité dont j'ai entendu remettre le principe en question. Les affaires de viol entre élèves se multiplieraient. Il me raconte qu'il vient de convoquer dans son bureau deux garçons et une fille. La fille en larmes se plaint d'être persécutée par eux. Ils l'accusent d'avoir de la moustache. C'est vrai qu'elle est très brune et a une ombre sur la lèvre supérieure, mais très mignonne au total. Les garçons pouffent et disent qu'elle manque d'humour.

Entendu un ophtalmologue expliquer que « les animaux n'ont pas de macula. Ils ne possèdent donc qu'une vision globale. » Macula ou tache jaune. Petite dépression colorée en jaune de la rétine située au fond de l'œil, à l'extrémité postérieure de l'axe passant par le centre de la pupille et du cristallin. C'est la partie de la rétine la plus sensible aux impressions lumineuses.

Cette absence de macula est tout de même surprenante si l'on songe à l'acuité prodigieuse de la vision des oiseaux. Ne faut-il pas dire exactement l'inverse, à savoir : toute la rétine des oiseaux n'est qu'une macula. Ils n'ont pas de vision globale ?

Ma mort. J'en prendrais bien facilement mon parti. Le problème, c'est que le monde entier possède une relation essentielle avec moi. L'humanité tout entière est ma représentation. Les hommes, les femmes, les enfants, les animaux, les plantes, les paysages, tout est dans ma tête. Si on la coupe, tout disparaît.

« Mais non, me dis-tu, toi disparu, le monde continuera à mener sa vie multiple et chaotique, comme il le faisait avant ta naissance. »

Je n'en crois rien. Avant ma naissance, il y avait le passé du monde. Après ma mort, c'est l'avenir du monde. Mais ce passé et cet avenir se trouvent également dans ma tête, tout comme le présent du monde, et nulle part ailleurs. Si cette tête tombe, tout est voué au néant. Or je veux bien disparaître, mais le monde et l'humanité tout entière sombrant du même coup dans le néant, franchement, je ne m'en console pas.

Je rêve que je pleure. Rien d'autre. Des larmes. Il y a suffisamment de tristesse en moi et autour de moi pour justifier ce chagrin général. La persistance du beau temps le rend à la longue funèbre. Une brassée de roses fait monter une odeur solennelle dans la maison. Étrange et inconsolable bonheur. Encore un instant, Madame le Bourreau, dis-je à la vieillesse !

Vieillesse. Je pense souvent à ce vieux « marcheur » ami de mes parents. Il avait de la fortune, et deux passions remplissaient sa vie, les chevaux et les femmes. Hors d'âge pour les uns comme pour les autres, il continuait à aller aux courses en costume suranné de turfiste, entouré d'un essaim de jeunes femmes qui le traitaient en vieil oncle attendrissant et un peu gâteux.

Je reçois la plus étrange des lettres. C'est un faire-part à la fois de naissance et de mort : Béatrice, 15 septembre à 23h50. Dans une lettre jointe, la mère écrit : « Je l'ai portée quelques jours morte. Je fus sa première tombe... » Cette image de la mère-tombeau va loin. Il faudra demander à un spécialiste comment on s'avise de la mort d'un fœtus, et combien de temps la mère peut le garder.

Visite du père Étienne Sacre, prêtre maronite libanais. Il dit qu'il ne peut y avoir de littérature arabe contemporaine, parce que l'arabe littéraire est une langue morte que personne ne pourra jamais revivifier.

Alors que Saint-John Perse était secrétaire général du ministère des Affaires étrangères, Raymond Poincaré, Premier ministre, lui dit : « Est-ce vrai ce qu'on me dit, Léger, vous taquineriez la muse à vos moments perdus ? »

Émission radio avec mes deux traducteurs italiens, Oreste Del Buono et Maria Luisa Spaziani. Je rapporte qu'un critique italien a écrit de la traduction du *Roi des Aulnes* par Del Buono qu'elle était meilleure que l'original. Au sortir, Maria Luisa Spaziani me reproche amèrement de n'avoir pas mentionné sa traduction des *Météores*. Je lui promets de la dédommager à la prochaine occasion. Celle-ci se présente le lendemain sous forme d'interview, et je dis au journaliste : « La traduction des *Météores* par Maria Luisa est si bonne que Gallimard est en train de la faire traduire en français pour remplacer l'original. »

Maria Luisa traduisant *Madame Bovary* s'étonne d'une simple remarque laissée sans explication par Flaubert. Les Bovary sont invités à dîner chez le marquis d'Andervilliers. Pour Emma, c'est une découverte et, écrit Flaubert elle « remarqua que plusieurs dames n'avaient pas mis leurs gants dans leur verre. »

Qu'est-ce que ça voulait dire? Je n'en savais rien, et c'est ma mère — quatre-vingt-dix ans — qui m'a fourni l'explication. Il est vrai qu'elle avait été élevée par les sœurs de Saint-Claude dans des principes sans doute voisins de ceux qu'avait connus Emma Bovary. Donc on leur enseignait qu'une dame respectable ne devait rien boire du tout pendant tout le repas. Pour signifier aux serveurs qu'ils ne versent rien dans leurs verres, elles les couvraient de leurs gants. Emma constate avec surprise que les dames de l'aristocratie ne se soumettent pas à cette règle d'abstinence.

Saint Ignace de Loyola exige dans ses *Constitutions* que les membres de la Compagnie de Jésus obéissent *perinde ac cadaver*, comme des cadavres. Cette formule sinistre paraît de prime abord paradoxale. On n'a jamais vu — sauf dans des cas de résurrection subite — un cadavre obéir au doigt et à l'œil. Force est bien de supposer que Loyola n'envisage qu'une obéissance purement passive, celle qui consiste à se laisser faire, quels que soient les outrages subis. Tout cela dégage une odeur de nécrophilie assez rude.

OCTOBRE

Retrouvé dans un placard un disque des improvisations au piano de Freddy Thall à l'hôtel Dolder de Zurich. Ce vieux palace somptueux, luxueux et sombre domine le lac de Zurich. Je ne l'ai jamais habité, mais j'y suis allé par curiosité. Le pianiste de la salle de thé est toujours là et improvise obligatoirement chaque jour de 16 heures à 18 heures et de 21 heures à 23 heures, enchaînant des vieux succès nostalgiques et sentimentaux — *Parlez-moi d'amour, Nono-Nanette, Tea for two,* etc. Freddy Thall apparaît sur la pochette conforme à sa fonction, vieux charmeur gras et calamistré, au regard langoureux, filtrant au-dessus de poches qu'on imagine gonflées de larmes.

Voyage éclair à Marseille sur l'invitation de Gaston Deferre et Edmonde Charles-Roux. Nos voitures à cocarde s'arrêtent devant l'Ancienne Charité récemment restaurée par les soins de Gaston Deferre. Le quartier est, comme on dit, « sensible ». Un groupe d'adolescents observe notre petit cortège. Soudain l'un d'eux s'en détache, s'approche de nous, s'arrête en face de moi, braque un revolver sur mon nez et tire. Le revolver est chargé... à blanc. Puis il fait demi-tour en riant et regagne le groupe de ses copains. Je dis au journaliste du *Provençal* qui est à côté de moi : « S'il m'avait tué, quel beau fait divers pour vous ! » J'ajoute que mourir assassiné me semble une fin enviable, prestigieuse, moins bête à coup sûr que l'accident d'auto (Nimier, Camus, Barthes), moins discutable que le suicide (Hemingway, Montherlant, Gary, Deleuze), moins sale que la maladie (Malraux, Sartre, Yourcenar).

Déjeuner avec Julien Green. Nous parlons de l'humour noir. Il cite ce fait divers relevé dans un quotidien américain : on a trouvé à Central Park le cadavre d'une jeune fille qui avait été violée et assassinée. Dans son sac se trouvait son journal intime. La veille elle se plaignait d'avoir une vie fade où il ne se passait jamais rien.

Jorge Semprun a vu dans un jeu télévisé l'un des participants réfléchir longuement à la question : « Quel est le philosophe français qui a écrit *Je pense, donc je suis ?* »
Soudain son visage s'éclaire. Il a trouvé ! « La Palice ! », s'écrie-t-il.

Je tombe une fois de plus sous le charme noir de ces vers de Baudelaire :

La diane chantait dans les cours des casernes
Et le vent du matin soufflait sur les lanternes.
C'était l'heure où l'essaim des rêves malfaisants
Tord sur leur oreiller les bruns adolescents.

Je me retrouve pensionnaire de quatorze ans dans l'immense et glacial dortoir du collège Saint-François d'Alençon. La caserne du Premier Chasseur à cheval se trouvait à proximité. Quand nous entendions la sonnerie plaintive du clairon donner l'éveil, nous savions que trente minutes plus tard ce serait notre tour.

Tempête. Le vent ne disperse pas les feuilles mortes. Au contraire, il les rassemble en petits tas bien propres. Vent violent, mais soigneux. Le désordre dans la nature est toujours le fait de l'homme.

Nomade ou sédentaire ? Distinction fondamentale de l'humanité. Le berger nomade Abel en perpétuel conflit avec l'agriculteur sédentaire Caïn. Ou l'arbre et la pirogue. Il faut choisir, car en fabriquant la pirogue, on détruit l'arbre.

Comme chaque année, début octobre, la presse fait des pronostics sur le prochain Prix Nobel de littérature. Et comme chaque année mon nom est cité. C'est vrai que je suis « nobélisable », mais il est également vrai que le prix Nobel ne va jamais à un nobélisable. Le cas le plus typique fut celui de Graham Greene si longtemps « nobélisable » que certains dictionnaires lui attribuent — comme à l'ancienneté — un prix Nobel qu'il n'a jamais eu. Il y a longtemps que l'Académie de Stockholm a pris le parti de surprendre et de déjouer les pronostics en donnant son prix au plus obscur. Il doit être d'ailleurs redoutable de l'avoir, ce fameux prix. On porte alors un masque. Ce que je dis dès lors, ce n'est pas moi qui le dis, c'est le Prix Nobel. La plume légère que j'ai à la main et avec laquelle je m'amuse et j'amuse la galerie se transformerait en lourde massue avec laquelle je ferais malgré moi des moulinets pataudes et meurtriers. Je me souviens de la colère de Sartre : dans une interview il avait vertement critiqué les programmes de France Musique. Aussitôt le responsable avait été mis à la porte. Je pense que si, contre toute probabilité, j'avais le Nobel, je changerais le presbytère en musée où trônerait le mannequin de cire dudit Tournier, et je déménagerais. Je vivrais et j'écrirais sous un pseudonyme, et je commencerais une nouvelle carrière. Ce serait pour moi le début d'une complète métamorphose. Il est bien vrai que je suis hanté par celle si magnifiquement amorcée et si tragiquement interrompue de Romain Gary en Émile Ajar. La formidable énergie d'un prix Nobel m'aiderait peut-être à réussir là où Gary a échoué.

Visite au Louvre. Je remarque dans ce public cosmopolite de ravissants visages qui me détournent des chefs-d'œuvre exposés. Puis je me fais la réflexion suivante : il est bien évident que ces « visages ravissants » sont ici plus nombreux et plus évidents que partout ailleurs. Ne serait-ce pas justement les chefs-d'œuvre qui les révèlent et en quelque sorte les « allument » ? Je m'amuse des réflexions suscitées par les tableaux. Plusieurs touristes s'avouent déçus par les dimensions de *La Joconde*. Comment un tableau aussi célèbre peut-il être aussi petit ? « *Ach, ich hatte es mir grösser vorgestellt !* », s'exclame une Allemande. On a eu la malignité de placer côte à côte le *François Ier* de Clouet et celui du Titien. Quelqu'un déclare : « Je trouve celui du Titien plus ressemblant ! »

Les voyages me pèsent de plus en plus. Certes ils me font du bien physiquement et moralement, mais à quel prix ! C'est ce qu'on appelle une médecine de cheval. Quand je pars, je m'accroche à la joie anticipée du retour. Je me redis ce mot de Talleyrand à Louis XVIII. Napoléon venait de débarquer en France et remontait irrésistiblement vers Paris. Talleyrand dit au roi : « Sire, si vous voulez revenir, il faut partir ! »

Visite à la médiathèque d'Issy-les-Moulineaux. Un petit homme m'aborde et se présente comme le maire de la commune. Il me remercie des belles pages que j'ai consacrées dans *Les Météores* à l'usine d'incinération des ordures ménagères de la ville. Cette usine lui vaut de dures attaques, mais la commune en a grand besoin pour ses finances. Je lui dit que je continue à l'admirer et que je regrette que l'on n'ait pas confié à son architecte la construction du Centre Pompidou.

Une berce du Caucase apporte une note mystérieuse à mon jardin. Cette plante gigantesque — facilement trois mètres de haut, des fleurs en ombelles d'un diamètre imposant — n'apparaît que tous les quatre ans et chaque fois dans des lieux différents du jardin. Toutes mes tentatives pour récolter et replanter les graines ont échoué. Cette année elle se dresse majestueusement le long du mur de l'église.

Grief : motif de plainte que l'on estime avoir contre quelqu'un. Grièvement gravement (au physique seulement). Cette nuit, nuit « grièves ». Insomnie. Je trouve un « motif de plainte » contre quelqu'un de mon entourage. Je m'en empare. Fiévreusement, je l'aiguise, je le hérisse de pointes. Puis je m'en larde de coups. L'aube pâlit quand je m'endors enfin d'un mauvais sommeil, couvert de blessures que je me suis infligées avec cette arme imaginaire.

La prochaine parution de mon *Roi des Aulnes* en hébreu me vaut la visite d'un journaliste et d'un photographe israéliens. Le journaliste se place à côté de moi devant l'église de Choisel et dit au photographe : « Alors tu nous prends ensemble et tu t'arranges pour qu'on voit bien la synagogue derrière nous. » Je bondis : « Mais Monsieur, ce n'est pas une synagogue, c'est une mosquée ! »

Mon neveu Éric m'emmène à quelques kilomètres dans la forêt de Rambouillet. Il y a là une réserve de huit mille hectares où la nuit tombée on peut voir (vaguement) et entendre (distinctement) les cerfs qui sont en plein rut. Leur excitation les détourne de prendre garde à nous et nous pouvons les approcher à moins de trente mètres. Pour les retenir, les gardes-chasse entretiennent un champ de maïs et un carré de luzerne. Ils n'en demandent pas davantage. Le garde qui nous accompagne raconte qu'au Canada on piège les renards et les lynx en détournant leur attention du piège à l'aide d'un simple bouquet de plumes attaché en évidence à une branche d'arbre. L'animal hypnotisé par cet objet ne prend par garde où il met les pieds.

Visite au Grand Palais de l'exposition « L'âme au corps ». Ce qui me surprend, c'est l'interprétation donnée ici de la sculpture de Degas *Petite Danseuse de quatorze ans.* Je n'y voyais à ce jour qu'une gamine amusante — plutôt de onze ans que de quatorze — avec une frimousse naïvement offerte. Le commentaire qui en est proposé en fait un petit monstre bestial, primitif et totalement dépravé. Citation à vérifier de Zola à propos de Nana, elle aussi incarnation de la pourriture sociale et sexuelle aux yeux du puritain qu'il était, avec en plus son hérédité alcoolique, étant la fille du couple de *L'Assommoir*, Coupeau et Gervaise. Idée intéressante : l'enfant est d'abord le produit de l'hérédité avant que le milieu intervienne pour le modeler.

Mon vieil ami L. G. m'a demandé d'être témoin à son mariage. Salle de mairie somptueuse et lugubre. L'employé de service appuie sur un bouton et on entend un enregistrement de la marche nuptiale d'un *Songe d'une nuit d'été* de F. Mendelssohn. Personne ne semble savoir qu'il s'agit dans la pièce de l'accouplement grotesque d'une femme démente et d'un âne. Je songe au mot de F. Mauriac : « Combien de fois lorsque nous serrons sur notre cœur la tête d'un être aimé ne nous apercevons-nous pas qu'il s'agit de celle d'un âne ! »

À 3 heures de la nuit, je suis réveillé par la violence de la tempête. Les bourrasques font trembler les murs de la maison. Je souffre pour mes arbres que j'entend râler puissamment au dehors. Je me demande lequel va succomber, l'un des mes trois pins parasols, l'un des tilleuls, le marronnier ? À l'aube, c'est le calme de la mort. Je sors inspecter les lieux. Point de catastrophe, mais le jardin a un air hagard, comme un visage sur lequel serait passé un immense chagrin.

On dit : « dormir à poings fermés ». C'est vrai des bébés qui en effet ferment leurs petites mains quand ils dorment. Mais bien au contraire, cherchant le sommeil, je m'applique à ouvrir mes deux mains et à les poser bien à plat, position de détente et d'abandon.

Visite de la TV allemande qui veut me faire parler des *Nibelungen.* Siegfried a vaincu le dragon et a acquis une peau invulnérable en se baignant dans son sang. Mais une feuille d'arbre est tombée sur son épaule et à cet emplacement sa peau est demeurée vulnérable. C'est là que le visera son assassin.

Je dis que tout homme surmonte des épreuves, gagne et devient par son expérience invulnérable. Mais il conserve souvent une *wunde Stelle*, un point faible, qui le perdra, drogue, alcool, argent, sexe, etc. La politique nous donne de ces exemples chaque année. Le journaliste me demande : « Et vous, Monsieur Tournier, quelle est votre *wunde Stelle* ? » Je lui réponds que je ne me suis pas baigné dans le sang du dragon et que je suis tout entier une *wunde Stelle*, vulnérable par tous les points de mon corps.

Colloque religieux au temple protestant du boulevard Arago devant un vaste public. J'occupe dans le chœur la place du pasteur. Je prends la parole très intimidé et j'articule : « Ne voulant pas venir à vous les mains vides, je vous offre d'abord cette exhortation du théologien Angélus Choiselus : *Entreprends gaiement et le cœur en fête le voyage aventureux de la vie, de l'amour et de la mort, et rassure-toi, si tu trébuches, tu ne tomberas jamais plus bas que la main de Dieu.* »

J'ai à peine terminé ma citation que du public monte un hurlement qui glace le sang. Je le reconnais pour l'avoir déjà entendu, c'est le cri qui annonce une crise d'épilepsie. Un homme assez corpulent se tord sur son banc. Ses voisins épouvantés cherchent à le maîtriser. Il faut l'évacuer, le charger dans l'ambulance du Samu, etc. Je reprends la parole un quart d'heure plus tard, mais je n'ose pas répéter la citation d'Angélus Choiselus.

Je disais à L. F. que je rencontrais chaque jour à la Sorbonne : « Explique-moi donc ce mystère. Tu n'es plus jeune. Tu es laid comme un pou, ventru, bossu, habillé de bric et de broc. Tu n'as pas un sou. Et pourtant je te vois toujours entouré de filles ravissantes qui visiblement raffolent de toi. » Il m'a répondu que sa force de séduction irrésistible venait de ce qu'il aimait les femmes. « La plupart des hommes ont envie de les baiser et ne souhaitent ensuite que de s'en débarrasser. Moi, j'aime leur compagnie. J'aime vivre avec elles, j'aime leurs odeurs, leur désordre et même leurs règles. Elles le sentent, elles le savent, et elles me récompensent de ce goût en vérité très rare. »

Invité au lycée Montaigne à dialoguer avec plusieurs classes, j'emmène avec moi un journaliste espagnol venu m'interviewer. Au sortir de la séance, je lui demande ce qui l'a frappé le plus devant ces enfants en comparaison de l'équivalent à Madrid ou à Barcelone. « La variété des visages, me répond-t-il. Chez nous il n'y a que des Espagnols. Ici on voit côte à côte des Asiatiques, des Noirs africains, des blondinets du Nord, des rouquins, des Arabes, etc. »

Antoine Blondin : *Je me suis habitué à vivre au seuil de moi-même, parce qu'à l'intérieur il fait trop sombre.*

Vent chaud, pluie tiède qui courbe jusqu'au sol les asters, les tournesols et les verges d'or. Je ramasse les premiers marrons tombés.

Souvenir d'enfance. Bligny-sur-Ouche. Le moulin Bonnard. Une sorte d'usine tout en bois actionnée par la rivière qui la traversait et destinée à broyer le grain : bois + rivière + blé = odeurs substantielles.

Le journal rapporte qu'à Aigreville (Seine-et-Marne), on vient de plusieurs kilomètres à la ronde acheter des billets de loto au bistrot. Chaque jour on fait la queue. C'est qu'un billet ayant gagné dix-sept millions y a été vendu. Le plus amusant, c'est que personne ne sait qui a acheté ce billet gagnant. L'heureux acheteur se cache. Les hypothèses vont bon train. On surveille les dépenses des uns et des autres.

Dans le fouet, il y a le manche qui est un bâton sublimé par la lanière et par la mèche. Alors que le bâton écrase purement et simplement (arme « contondante »), la lanière embrasse. La lanière du fouet est un petit bras qui enveloppe de son étreinte le corps fouetté. Étreinte affectueuse, mais qui blesse jusqu'au sang. Comparer le fouet de Jésus et le baiser de Judas. Le claquement du fouet : la mèche n'a pas trouvé de corps à embrasser.

Quand je passe la nuit dans une grande ville étrangère, je choisis de préférence un hôtel près de la gare principale parce que je suis assuré d'y trouver à toute heure du jour et de la nuit un décor et une faune humaine que j'aime. Je rêve parfois de m'installer à proximité de la gare de Lyon (la gare des départs vers le Sud) et d'y vivre avec bonheur. Les restaurants et brasseries n'y manquent pas, et surtout je connaîtrais par cœur les heures d'arrivée et de départ des trains de grande ligne. J'accueillerais les voyageurs étrangers et je partirais moi-même pour de vastes périples pendant lesquels je ne quitterais pas les gares étrangères. Maurice Dekobra qui avait le génie des titres a écrit *La Madonne des sleepings.* Je rêve de devenir le madon des express.

Comme chaque année, le premier dimanche d'octobre, a lieu à Médan le pèlerinage Zola. Les descendants des deux enfants de Zola — Jacques et Denise — sont comme il convient très entourés. J'avais fait l'an dernier une communication sur Zola photographe. Cette année, c'est Pierre

Schoendoerffer qui est l'invité d'honneur. Il parle surtout du roman *La Débâcle* et fait un rapprochement entre Sedan et Diên Biên Phu qu'il a vécu de près. On avait reproché à Zola d'avoir noté que se rendant à Sedan pour y signer sa capitulation devant Bismarck, Napoléon III s'était maquillé pour masquer le délabrement de sa santé inscrit sur son visage. Schoendoerffer rappelle qu'en Indochine le général de Lattre de Tassigny se maquillait lui aussi pour les mêmes raisons. (Il devait mourir quelques semaines plus tard.)

P. R. vient déjeuner. Il me dit que le refroidissement irrémédiable de son amour physique et sentimental pour sa femme lui cause un chagrin dont il ne peut se consoler. Il serait curieux que la réciproque (Madame) ne soit pas vraie.

Invité dans un collège à m'entretenir avec des grands élèves, nous parlons des chefs politiques. Je dis : « Tous des assassins de par leurs fonctions mêmes. » — Je lève ma main droite et je dis : « Vous voyez cette main ? Elle a serré celle de neuf chefs d'État ou de gouvernement. Eh bien, si j'avais pour deux sous de moralité, je la couperais et je la jetterais dans les chiottes. Heureusement je n'ai pas ces deux sous de moralité! »

Voyage à Rome. Nombre étonnant des palmiers. Où que l'on soit à Rome, on voit toujours au moins un palmier.

Entendu Claude Autant-Lara raconter que lorsqu'il tournait *Le Diable au corps,* Gérard Philipe — qui avait alors vingt-cinq ans — avait les oreilles tellement décollées qu'il les lui avait fait coller par la maquilleuse. Parfois l'une ou l'autre se libérait, et il fallait retourner la scène.

Je reçois ce matin le *Catéchisme de l'Église catholique* (1992) dont la publication fait grand bruit. Est-ce le hasard ou le doigt de Dieu? Le livre s'ouvre tout de suite entre mes mains aux pages 462-463. Il s'agit du Cinquième Commandement. Page 462 on le cite : *Tu ne tueras pas.*

Page 463 on le commente : la peine de mort est justifiée « dans les cas d'extrême gravité ». Staline, Hitler et Pol Pot auraient applaudi, persuadés qu'ils n'avaient jamais donné la mort que dans ces cas-là. Reste à les définir. On nous en laisse le soin. Le plus grave de tous me paraît être celui des prélats catholiques qui bafouent le Christ. Les soldats romains qui lui crachaient au visage « ne savaient pas ce qu'ils faisaient ». Les prélats auteurs de ce livre savent ce qu'ils font. Qu'on les mette donc contre un mur et qu'on les fusille.

Alors pas de catéchisme ? Je n'en connais qu'un à ce jour, la musique de J.-S. Bach qui rayonne de lumière et de joie. La foi ardente du cantor de Saint-Thomas nous console de notre impiété et de l'abjection de nos pasteurs.

Entendu Edmond Michelet raconter sa captivité à Buchenwald. Pour survivre, il fallait le soutien moral d'une idéologie. Les pures victimes — déportées sans raison — tombaient comme des mouches. Un petit trafiquant de marché noir pleurnichait : « Mais pourquoi on m'a mis ici, moi, je n'ai rien fait ! » Et Michelet lui expliquait : « C'est justement parce que tu n'as rien fait que tu es en train de crever ! »

NOVEMBRE

Chaque nuit, longue et heureuse insomnie au cours de laquelle j'écoute la radio. On rediffuse de très anciennes émissions dialoguées (le « Bon plaisir de... » par exemple) et ce sont souvent d'anciens amis disparus qui s'installent pour une heure à mon chevet, Jean-Louis Bory, Maurice Clavel, Max-Pol Fouchet, Armand Lanoux, etc. L'étrangeté de ces visites nocturnes et macabres s'aggrave parfois du son de ma propre voix, comme lorsque la radio était mon métier. Rien de plus effrayant que la voix enregistrée d'un mort. Sa photo ou son image filmée n'approchent pas la redoutable présence de sa voix. Chaque fois qu'au cours de ses séjours chez moi, j'ai eu l'idée d'enregistrer ma mère — notamment sur son enfance, ses premières rencontres avec Ralph, etc. —, j'y ai finalement renoncé. Ce témoignage aurait été après sa mort aussi indécent que son cadavre embaumé et dressé dans ma salle à manger. Il faut laisser les morts en paix.

M. J. me rapporte un fait étrange qu'il faudrait vérifier : les malades atteints de sclérose en plaques et déjà en partie paralysés recouvrent leurs facultés motrices entre vingt-trois heures et quatre heures. Comme si l'éloignement maximum du soleil les libérait d'un poids.

De gros brouillards immobiles noient l'espace depuis le crépuscule jusque tard le lendemain. Il y a quelque chose de mort dans l'atmosphère. De tous les phénomènes météorologiques, c'est le vent qui m'importe le plus, et je déplore qu'il soit si faible et si rare dans notre Île-de-France. Il est la grande respiration du ciel.

R. Kipling : *Une femme n'est qu'une femme, mais un bon cigare, c'est un bon cigare.*

Avez-vous la foi ? La question m'est posée brutalement. Je réponds que personne ne peut affirmer avoir la foi abolument ou avoir à l'inverse la certitude que Dieu n'existe pas. J'illustre mon propos par une anecdote (évidemment inventée). Retour de son vol spatial (12 avril 1961), Gagarine fait le tour des chefs d'État. Il rencontre d'abord le premier Soviétique, Nikita Khrouchtchev qui lui demande : « Dis-moi camarade, tu reviens du ciel. Tu as pu constater que Dieu n'existe pas ? — Hélas non, lui répond Gagarine, je l'ai vu, un grand vieillard à barbe blanche dans un fauteuil de nuages. — Je m'en doutais, s'écrie Khrouchtchev, j'ai toujours pensé qu'au fond, c'était les popes qui avaient raison ! C'est une catastrophe pour l'URSS et le matérialisme historique de Marx. Jure-moi sur la tête de ce que tu as de plus précieux que tu ne le diras à personne. » Gagarine jure et poursuit son tour du monde. Il est reçu finalement au Vatican par le pape Jean XXIII. « Dis-moi, mon fils, lui dit le pape. Tu reviens du ciel. Tu as vu Dieu, il existe ? — Hélas non, répond Gagarine qui se souvient de son serment. J'ai bien regardé, je n'ai rien vu. Dieu n'existe pas. — Je m'en étais toujours douté ! s'écrie le pape. J'avais toujours pensé au fond de moi que c'était les athées qui avaient raison ! »

Bokassa Ier, empereur de la République Centrafricaine. Capitaine de l'armée française, dix-sept décorations, touche encore sa solde. Son ambition me paraît entièrement justifiée par sa ressemblance avec Napoléon Ier. Formule chimique de Napoléon : Adolf Hitler + Bokassa Ier.

Écriture « précieuse » d'André Gide : *Nous étions assis sous une treille non point si épaisse qu'on ne pût voir entre les larges feuilles de la vigne des rappels d'un azur profond* (*Ainsi soit-il*, p. 115).

Il y a là un indiscutable ridicule, mais j'en reste néanmoins très impressionné.

Bossuet : *Celui qui sonde trop avant les secrets de la divine Majesté sera accablé de sa gloire (Traité de la concupiscence)*.

Ne suivez point vos pensées et vos yeux, vous souillant dans divers objets, ce qui est la corruption de la pensée et la fornication des yeux (Ibid).

Cela condamne absolument le présent petit livre — fait de curiosités diverses — et prône l'ignorance et la cécité comme vertus cardinales.

Souvenir de Tübingen (1946-1950). Fabian von Schlabrendorff (1907-1980). C'était un magistrat calme et terne qu'on aurait pu croire sans histoire. Or son histoire était si extraordinaire qu'on le considérait comme une sorte d'idole et qu'on allait le toucher pour qu'il vous porte bonheur. Voici en effet ce qui lui était arrivé.

Le 20 juillet 1944 a lieu à la Wolfschanze d'Hitler en Prusse-Orientale une tentative d'assassinat qui échoue de justesse. La réaction est atroce. C'est par centaines qu'on arrête, torture et pend les suspects. L'exécuteur des hautes œuvres est le président du Volksgerichtshof (tribunal populaire suprême) Roland Freisler. J'ai vu le film d'une séance au palais de justice de Berlin. Habillé et coiffé de rouge, Freisler était saisi d'une frénésie hystérique et hurlait les injures les plus grossières à l'encontre de l'accusé affreusement diminué par les « interrogatoires » qu'il avait subis. La sentence de mort était automatique et exécutée immédiatement dans la cour du palais de justice. Schlabrendorff est emporté dans la tourmente. Le 3 février 1945, il comparaît devant Freisler. La mécanique s'enclenche. Freisler hurle ses injures. Mais soudain retentissent les sirènes annonçant une alerte aérienne. Le règlement exige que la séance soit interrompue et que tout le monde descende dans les abris. Ce qui est fait. Le bombardement américain se déchaîne, et voici qu'une bombe tombe sur le palais de justice. Freisler est tué, toutes les pièces du procès sont détruites, mais Schlabrendorff en réchappe. Il est jeté en prison. Les Russes le libèrent quelques semaines plus tard...

Souvenir de Tübingen. Les *Rororo*. Tout manquait en ces années d'immédiat après-guerre, y compris le papier pour faire des livres. Le rare papier disponible était réservé à la presse écrite afin que le bon peuple soit renseigné sur les événements et aussi ait connaissance des tickets d'alimentation honorés ce jour-là.

C'est alors que les éditions Rowohlt ont réalisé une idée qu'il faut vraiment qualifier de géniale : le rororo. Il s'agissait d'un journal, imprimé sur rotative, ayant l'aspect exact de *Die Welt*, *Le*

Figaro ou *Le Monde*, mais s'intitulant *Les Caves du Vatican* d'André Gide, *Anna Karénine* de Tolstoï ou *La Mort à Venise* de Thomas Mann. C'était le *Rowohlt-Rotations-Roman* (roman Rowohlt imprimé sur rotative) et cela coûtait 1 DM. Le petit miracle qui permettait cette réalisation, c'est qu'un roman contient un nombre de signes imprimés (lettres, blancs et signes de ponctuation) à peu près équivalent à celui d'un journal ordinaire, c'est-à-dire variant entre 500 000 et 2 000 000. Il serait juste qu'un musée du livre et de la culture montre quelques exemplaires de ces « rororo ».

Souvenir de Tübingen. En ces lendemains de guerre, l'Allemagne n'étant qu'un monceau de ruines fumantes, la famine régnait dans la population, surtout parmi les étudiants qui n'étaient pas chez eux et dans leur famille. L'un d'eux pourtant se remarquait parmi les autres par sa bonne mine et ses joues rondes. Il avait un secret, mais le gardait soigneusement. À moi cependant — sans doute parce que j'étais étranger — il accepta de le révéler. Tübingen possède un quartier calme et mystérieux de cliniques et d'établissements spécialisés. Parmi eux, un Institut Pasteur. Un Institut Pasteur, c'est essentiellement à cette époque un élevage de chevaux. On leur injecte un microbe choisi — variole, diphtérie ou lèpre —, on attend que l'organisme ait sécrété les anticorps correspondants et on soutire quelques litres de sang à la malheureuse bête. Ce sang, on le fait coaguler, on jette le caillot et on récolte le sérum pour faire des vaccins.

Or donc mon camarade avait des accointances dans la maison qui lui permettaient de récuperer ces caillots. Il n'y avait pas encore de réfrigérateurs en ces temps. Il me montra une sorte de marmite dans laquelle tremblotait une masse noirâtre et gélatineuse. Il en taillait des tranches qu'il faisait sauter dans une poêle. Nous nous régalions d'une sorte de boudin de cheval assaisonné à la variole, la diphtérie, la lèpre etc. Sans aucun risque il faut le préciser, grâce aux quelque 300 degrés de la cuisson à la poêle.

Souvenir de Tübingen. La rue principale de la ville s'appelle la Mühlstrasse et aboutit au pont Eberhard qui franchit le Neckar. Ce que la plupart des Français occupant la ville ne savaient pas, c'est que peu avant leur arrivée cette rue s'appelait la Adolf-Hitlerstrasse. Un jour un barrage situé en aval se rompit, ce qui entraîna une baisse considérable du niveau du fleuve.

Dès lors, quand on traversait le pont, on voyait de part et d'autre surgir des eaux des bustes d'Hitler dégoulinant de vase et de boue. Les habitants s'en étaient débarrassés en les jetant par-dessus les rambardes du pont.

Je me réveille au milieu de la nuit. Par miracle, j'ai douze ans et je refuse tout le temps écoulé. « Je ne joue plus ! Assez ! Rendez-moi mes parents, mes frères et sœurs, ma grande maison de Saint-Germain, mon chien, ma bicyclette, mes copains du collège Saint-Érembert ! » Avec le petit jour cesse pourtant cette brève extemporalité nocturne.

L'histoire de la pensée occidentale est faite d'épanouissements qui réunissent plusieurs architectes de l'esprit, suivis la génération d'après d'un démolisseur qui remet tout en cause par une démarche négative et démagogique.

Ainsi les « présocratiques » — Thalès, Anaxagore, Héraclite, Parménide — portent la pensée métaphysique d'emblée à son plus haut niveau. Survient Socrate avec ses questions sans queue ni tête et son principe absurde « Connais-toi toi-même ». (Qu'y a-t-il de moins intéressant au monde que moi-même ?)

Même schéma avec la génération cartésienne (Descartes, Spinoza, Malebranche, Leibniz) qui pose les bases de la métaphysique moderne suivie par le douteur et brouillon Pascal. Et ça recommence en Allemagne avec la génération kantienne — Kant, Fichte, Schelling, Hegel — minée par Nietzsche et son ombre minable Kierkegaard.

Pascal. Le monceau informe des *Pensées* n'est qu'une suite de notes prises en marge des *Essais* de Montaigne. Bêtisier systématique. « Qui fait l'ange fait la bête. » Oui, mais il ne suffit pas de faire la bête pour devenir un ange. Certaines « pensées » sont dignes d'un personnage de Labiche : « Quelle vanité que la peinture, qui attire l'admiration par la ressemblance des choses dont on n'admire pas les originaux. » Les bras vous en tombent.

Histoire de l'autophage. Commence par se ronger les ongles. Puis se coupe des tranches de fesse et de bras qu'il fait sauter dans la poêle. Puis s'arrête. Guéri ? Non, son estomac est en train de se digérer lui-même, ce que les médecins appellent « ulcère de l'estomac ». Il finit par mourir, et on ne trouve plus à la place de son corps qu'une flaque de suc gastrique.

R. B. me raconte que les singes du zoo de Copenhague ayant complètement oublié l'amour, on le leur réapprend en leur projetant un film où l'on voit les ébats érotiques de leurs congénères dans la forêt africaine. Comment douter après cela de la valeur hautement éducative des films pornos ?

Dans son film *Les Damnés,* Visconti nous explique comment à son idée on fabrique des tortionnaires SS. Vous prenez l'héritier d'une grande famille d'industriels de la Ruhr. Vous lui faites chanter des airs de cabaret habillé en travesti. Vous le mettez dans le lit de sa mère. Il faut aussi qu'il se drogue et qu'il précipite vers le suicide une fillette juive de dix ans en la violant.

Ouf! Dommage que tout cela relève du fantastique, car alors il y aurait eu très, très peu de SS pendant les années noires! Mais non, cher vicomte, ce n'est pas comme ça qu'on fait un SS. On prend un petit boutiquier conservateur, bon mari et bon père, d'une scrupuleuse honnêteté, mais néanmoins ruiné par la conjoncture. On en fait un fonctionnaire en lui inculquant — ce n'est pas difficile — que l'obéissance aveugle est la seule vertu qu'on attend de lui. On lui fait subir une petite opération chirurgicale de nature purement verbale : l'ablation du mot « non ». C'est terminé : faites chauffer les crématoires!

Personne n'est moins qualifié pour juger une œuvre que son propre auteur. Il est évident que la valeur d'une œuvre — quelle qu'elle soit — se situe quelque part entre le zéro et l'infini. Eh bien, ce n'est justement pas là que son auteur la voit, mais tantôt au niveau zéro, tantôt au niveau infini.

Ivan, quatre ans, adore dessiner. Il reproduit des maisons, des arbres, des animaux. J'entreprends de lui apprendre à écrire. Je lui donne des lettres à recopier. Je m'aperçois qu'il n'*écrit* pas ces lettres, il les *dessine* scrupuleusement, comme des objets extérieurs. Je m'avise pour la première fois de la différence essentielle qui sépare dessiner et écrire. Et c'est vrai qu'à l'inverse, j'écris très couramment, mais je suis incapable de dessiner. Peut-être la calligraphie efface-t-elle cette différence ?

Comme beaucoup d'écrivains, Gœthe avait toujours sur sa table de nuit de quoi noter rapidement l'idée fugitive venue la nuit et à coup sûr oubliée le matin. Or un matin, il s'éveille avec le souvenir très vif d'une idée lumineuse et de première importance qu'il a notée au cours d'une brève insomnie. Quelle n'est pas sa perplexité en ne trouvant sur son carnet qu'un gros trait horizontal ? Qu'a-t-il voulu signifier par là ? Il ne l'a jamais su.

J'entends un vieux cap-hornier évoquer ses souvenirs de mousse. Il est amusant de comparer ce qu'il raconte des albatros avec le fameux poème de Baudelaire. Ces oiseaux gigantesques au bec redoutable suivaient en effet les navires, mais c'était pour se régaler des ordures qu'ils rejetaient chaque jour à la mer. Les matelots connaissaient l'horrible fin réservée à celui d'entre eux qui tomberait à la mer. Avant qu'on ait pu le repêcher, une nuée d'albatros s'abattrait sur lui et lui déchiquetterait toute la tête après lui avoir crevé les yeux. Les hommes se vengeaient de cette menace en capturant des albatros à l'aide d'une corde, d'un hameçon et d'un appât. Puis ils les soumettaient à toutes sortes de tortures. Ce que Baudelaire — qui a sans doute été témoin de ces scènes — édulcore dans les vers suivants :

L'un agace son bec avec un brûle-gueule,
L'autre mime en boitant l'infirme qui volait.

Tu parles !

En France, au Canada, au Japon, en Égypte, j'ai accompagné Édouard Boubat, et j'ai assisté émerveillé au miracle : ces personnages, ces scènes, ces paysages qui surgissaient sous ses pas et qui lui ressemblaient. Il n'avait plus qu'à prendre la photo. Un jour il m'a dit : « La photographie est une chose farouche, légère, volatile. Il suffirait à mes côtés d'un compagnon grossier et indiscret pour que mes images ne se montrent plus à moi. » J'ai été fier de cet éloge.

Les Grecs distinguaient trois parties en l'homme : le *Noûs* (raison), le *Thumos* (cœur), l'*Epithumetikon* (désir). La grande affaire — oubliée pendant des siècles — c'est ce Thumos qui vient s'insérer entre la tête raisonneuse et le ventre-sexe plein de borborygmes et d'érections. Le Thumos, c'est le sentiment, la passion, l'émotion, le courage, l'indignation, etc. C'est la seule partie creuse du corps, le thorax formant cage de résonance où le cœur bat son tam-tam joyeux ou inquiet. La philosophie chrétienne l'a longtemps ignoré, refoulant les passions dans le bas-fond méprisé de l'Epithumetikon. Sans doute est-ce au XVIIe et au XVIIIe siècles les religions du sentiment qui l'ont réinventé jusqu'au jour où Marguerite-Marie Alacoque lui donna avec le Sacré-Cœur de Jésus sa forme populaire et imagée.

Les ordinateurs présentent-ils un danger pour la société future ? Il y a peu de risques, je crois, que des ordinateurs plus intelligents que les hommes les plus doués en profitent pour prendre la direction des affaires du monde et réduisent l'homme en esclavage. Et d'ailleurs, s'il en était ainsi, ne vaudrait-il pas mieux en somme que le monde soit régenté par un robot, si ce robot est plus sage que le plus sage des hommes ?

Le danger est ailleurs, je pense. La seule faculté que possède l'ordinateur à un degré surhumain, c'est la mémoire. Or l'accumulation du passé est dans certaines limites un atout important, mais c'est aussi un fardeau, un ballast dont très sagement la nature se débarrasse à chaque génération nouvelle — puisque le savoir des parents ne se transmet pas héréditairement aux enfants. Il y a en France une infamie dans le système judiciaire qui préfigure pâlement le fléau que pourrait devenir l'ordinateur, c'est l'institution du casier judiciaire et sa délivrance par extrait sur demande. Grâce à elle, un homme qui fut condamné et qui a purgé sa peine continue à traîner derrière lui une indignité qui le condamne au chômage et à la récidive. On imagine mal ce que deviendra notre vie quand un robot enregistrera tous nos actes, toutes nos paroles et nous confrontera sans cesse avec ce poids mort écrasant et menaçant. La faculté de tout effacer et de repartir à neuf est infiniment précieuse et s'incarne dans la naissance de l'enfant et plus modestement dans le sommeil nocturne et l'éveil au petit matin. L'homme qui posséderait une faculté d'oubli totale, l'amnésique absolu, serait immortel.

Le proxénète en prison se délecte des romans roses de Delly.

F. C. et sa gourmandise. Il pense à la cuisine avec de plus en plus d'intensité et mange avec de moins en moins de plaisir. Sa gourmandise se cérébralise. Il éprouve des fringales pour des plats qui sont la négation de la cuisine (nouilles au beurre). Je le rapproche de M. S. qui m'a dit des femmes : « Plus ça va, plus j'en ai envie et moins ça me fait plaisir. »

Enceinte pour la septième fois en sept ans de mariage et furieuse de l'être, Anne-Marie va avec son mari à Chartres. Très pieux l'un et l'autre, ils se rendent à la cathédrale. Il lui dit : « Fais un vœu. » Elle pointe son doigt sur son ventre et dit : « Qu'il crève ! » Il la gifle. L'enfant naît prématurément. Elle l'adore comme aucun des six autres. Elle me fait observer qu'à cinq mois il possède de toute évidence deux qualités rares à cet âge : il a de l'humour et du chic.

J'ai fait ce rêve-cauchemar : j'aurais un voisin qui s'appellerait Michel-Ange, Beethoven ou Van Gogh. Je choisis à dessein des personnalités géniales, mais difficiles, malheureuses, exigeantes, appelant tout naturellement un dévouement sans bornes de ceux qui les entourent. Or donc, je serais là, connaissant l'immensité de l'œuvre, exposé immédiatement au rayonnement redoutable qu'elle possède à l'état naissant. J'imagine avec un mélange d'horreur et de nostalgie la forme tyrannique, dévorante que prendrait fatalement mon admiration pour mon voisin, à quelles extrémités cette passion me réduirait. Et cela sans la moindre contrepartie, par la seule vertu d'un impératif catégorique qui commanderait autant au cœur qu'à la raison. Le sort m'a épargné à ce jour cette épreuve dévastatrice. Je m'en réjouis lâchement et je le regrette.

— Je suis gâteux. — Si vous l'étiez vraiment, vous ne diriez pas que vous l'êtes. — Mais c'est que je ne le dis pas toujours !

Citation. Dans son *Caligula*, Albert Camus évoque le calme bonheur de vivre par ces quatre mots qui sont en vérité extraordinairement évocateurs : « le cri des martinets dans le ciel vert ».

N.B. Quelles différences y a-t-il entre un martinet et une hirondelle ? Le martinet a le ventre tout blanc alors que l'hirondelle ne porte qu'une tache blanche au cou. Mais surtout le martinet ne vit qu'en l'air, perché ou en vol. Tombé à terre, ses pattes trop courtes ne lui permettent ni de marcher, ni de reprendre son vol.

Miniaturisation. Dans les années 50, on ne parlait pas encore d'ordinateurs. On parlait de « cybernétique ». L'un des papes de la cybernétique en France s'appelait Norbert Wiener. Je l'ai interrogé à la radio. Comme je jouais aux échecs, je lui ai demendé si on pourrait un jour jouer aux échecs contre un robot. Il m'a répondu : « Ce serait faisable dès aujourd'hui, mais l'appareil serait gros comme un immeuble de sept étages. » Depuis longtemps on possède des échecs dont l'ordinateur placé sous l'échiquier a moins de 2 centimètres d'épaisseur.

Un des nombreux cas où progrès équivaut à miniaturisation. Ce n'est pas nouveau. Dans mon récit *La couleuvrine*, j'évoque le passage dans l'ordre des armes à feu de l'énorme bombarde à la petite couleuvrine qu'un homme pouvait porter seul et même appuyer à la selle de son cheval. Miniaturisation.

Citation. « Mieux vaut être un chien vivant qu'un lion mort. » L'Ecclésiaste.

Citation. « Sois comme le bois de santal qui parfume la hache qui l'abat. » Upanishad.

Enfantillages. Je dis à des enfants d'une dizaine d'années : « J'espère qu'il y en a parmi vous qui veulent être écrivain plus tard ? » Un silence, puis une main se lève : « Combien vous gagnez ? »

Excellente question. Je leur parle droits d'auteurs, contrats, droits annexes, etc. Stupéfaction générale devant la modicité de tout cela. Ah, messieurs Grasset, Seuil, Gallimard, etc., j'aurais voulu que vous fussiez là pour voir leur indignation quand je leur dis qu'un auteur gagne environ 10 % du prix du livre en librairie. Si peu !

Pour quitter ces sujets austèrement réalistes, je leur raconte une histoire « absurde » qui les enchante.

Cela se passe en Afrique du Sud au temps de la plus sévère ségrégation. Un voyageur blanc ne trouve de chambre dans aucun des hôtels-pour-Blancs de la ville. Il se présente dans un hôtel-pour-Noirs.

— Oui, nous avons une chambre libre, lui dit le patron, mais vous êtes blanc. Vous ne pouvez pas coucher ici.

— Qu'à cela ne tienne, répond le voyageur.

Il ouvre sa valise, prend un tube de cirage et se noircit la figure.

— Maintenant ça peut aller, lui dit le patron de l'hôtel.

Avant de s'enfermer dans sa chambre, le voyageur demande à la bonne de le réveiller à 7 heures, car il a un train à prendre à 8 heures.

Le lendemain matin, elle le réveille à l'heure dite et il gagne la gare. Il s'approche d'un wagon-pour-Blancs.

— Vous êtes noir, lui dit le chef de train. Vous ne pouvez pas voyager dans ce wagon-là.

— Qu'à cela ne tienne, lui répond le voyageur.

Il ouvre sa valise, prend une serviette, l'inonde d'eau de Cologne et se frotte la figure. À sa grande surprise, il constate que la serviette demeure intacte. Il prend un miroir dans sa valise, s'y regarde et s'écrie : « Zut alors, cette idiote de bonne s'est trompée de chambre ! »

DÉCEMBRE

Sophie Bassouls, qui s'est spécialisée dans les portraits d'écrivains, s'est lancée dans une entreprise un peu folle dont j'ai tenté en vain de la détourner. Grâce au Minitel, elle a repéré une trentaine de Français qui s'appellent Michel Tournier et elle sillonne la France pour les photographier. Je lui dis que l'idée est amusante mais qu'elle ne serait promise à un quelconque succès que si elle avait choisi Jacques Chirac au lieu de Michel Tournier. Je lui montre la plus belle coupure de presse que je possède. C'est dans *La République du Centre,* Il y a la photo d'un boucher en tablier blanc devant son étal. Légende : *Michel Tournier, boucher à* [nom d'un village] : *« J'en ai marre d'être tout le temps confondu avec l'avant-centre de l'équipe de foot de Limoges qui s'appelle comme moi Michel Tournier. »*

C'est tout nouveau pour moi : je sens la proximité de la mort. Et cela bien que ma santé soit florissante. Bien mieux, j'ai parfois des bouffées d'euphorie que j'ignorais jadis et qui sont inquiétantes. L'amusant, c'est que cette obsession s'accorde merveilleusement avec mon prochain roman, *Hermine*, consacré au thème des vampires. Merveilleux métier qui tire profit des pires expériences !

19 décembre. Trois anniversaires : Jean Genet, Édith Piaf, Michel Tournier. Je reçois des coups de téléphone — toujours totalement imprévisibles — l'un d'eux impossible à identifier. Une voix éplorée prononce mon nom plusieurs fois, puis plus rien. C'est totalement sinistre. Quand on parle de « chagrin d'amour » on n'envisage que celui qui aime sans être aimé. Mais qui dira l'amertume réciproque de celui qui est aimé, auquel quelqu'un est prêt à tout donner et qui n'a rien à donner en échange, sinon une vague pitié ? Qui dira l'amertume de cet immense gâchis, de cette indignité, de cette misère en face de la richesse de l'autre ?

Petite douleur au côté gauche, à une dizaine de centimètres du nombril. En soi presque rien, mais quel symptôme ? Je sors aussitôt l'un des deux « autonus » que l'on possède d'Albert Dürer. C'est un dessin à la plume. De l'index droit il montre son flanc gauche. Il a écrit au-dessus : « où je montre du doigt, c'est là que j'ai mal. » On croit savoir qu'il est mort d'une inflammation de la rate, mort du spleen en quelque sorte. Il ne me déplairait pas de mourir moi aussi du spleen, le mal de Dürer.

Mon voisin S. P. — trente-six ans — qui vit seul et vient de quitter son travail a l'air de couler à pic dans la dépression. Il me parle de se suicider. Je lui dis : « Avant de faire quoi que ce soit, viens m'en parler. — Non, parce que tel que je te connais, tu serais capable de me faire changer d'avis. » Il n'empêche. Quand je regarde par ma fenêtre la nuit, je vois sa fenêtre éternellement allumée. S'il fait cette bêtise, ce sera sous mon nez.

Je relis avec ravissement *Au Bonheur des dames* d'Émile Zola. Je constate que son grand magasin est situé place Gaillon au coin de la rue de la Michodière et de la rue Saint-Augustin, vis-à-vis du restaurant Drouant des Goncourt. Zola était exclu de l'Académie Goncourt pour s'être présenté plusieurs fois — sans succès — à l'Académie française.

Flânant au Quartier latin, je retrouve rue Hautefeuille le petit restaurant *La Tourelle.* C'était notre quartier général dans les années cinquante : Gilles Deleuze, Évelyne Rey, Claude Lanzmann, Karl Flinker. J'ai un élan pour aller y dîner, mais je renonce de peur de m'écrouler en larmes sur le bord d'une table.

À propos du roman d'Andreï Makine *Le Testament français* (prix Goncourt 1995) je note qu'il appartient à une famille très particulière, celle des écrivains qui n'écrivent pas dans leur langue maternelle. Il y a ainsi Adalbert von Chamisso, Français qui écrivait en allemand, Sophie

Rostopchine, Russe qui écrivait en français, Kafka, Tchèque qui écrivait en allemand, Joseph Conrad, Polonais qui écrivait en anglais, Hector Bianchiotti, Argentin qui écrit en français, etc. Il y aurait une étude à faire de la langue de ces auteurs, une langue sans racines, apprise tardivement, synthétique en somme et parfaitement « imitée », mais qui sent toujours un peu l'artifice : c'est trop « fait ». On n'a aucune chance d'y trouver les géniales gaucheries qui font de Saint-Simon le plus grand styliste français.

Des enquêtes l'avaient signalé : les enfants trop gros se remarquent de plus en plus sur les plages. Mais la plupart s'en tirent assez bien : par la majesté. Obèses, mais majestueux. C'est presque toujours le cas du petit bébé. Ensuite cela devient plus difficile. Il y faut de la fraîcheur. La chair surabondante paraît irriguée de vie et même d'esprit. Le corps majestueux, c'est la chair transverbérée par l'esprit. Dans le cas contraire, la chair échappe à l'esprit sous forme de bourrelets, de bajoues, de boudins. Ce n'est plus l'épanouissement de la fleur, c'est le pourrissement du fruit trop mûr.

Les maladies sont d'essence soit quantitative, soit qualitative.

Quantitative : c'est l'hyper ou l'hypo. Par exemple la tension artérielle, le rythme cardiaque, les composantes du sang, etc. Conception gréco-latine de la santé, conçue comme un équilibre, une harmonie, une « égalité » d'humeur.

Qualitative : c'est la présence d'un corps étranger pathogène qu'il s'agit d'expulser, poison, microbe, bactérie, etc. Conception judéo-chrétienne qui culmine dans la « possession » du malade par un démon. Le remède est son expulsion par l'exorcisme. Pasteur s'inscrivait très exactement dans cette tradition religieuse.

« Avoir le cœur gros ». J'aime cette locution qui laisse entendre que le chagrin n'est pas un manque, mais un plein au contraire, un trop-plein qui déborde de souvenirs, d'émotions et de larmes.

Souvenir de la Libération. En Normandie occupée par les Américains, un fermier va se plaindre à la Military Police que sa femme a été violée par un soldat. Le lendemain, un camion chargé de soldats entre dans la cour de la ferme. Les hommes sont rangés côte à côte et l'officier demande à la fermière de désigner le coupable. Elle montre un homme. Aussitôt on lui lie les mains derrière le dos et un soldat jette par-dessus une poutre une corde terminée par un nœud coulant. Alors la fermière se précipite vers l'officier en s'écriant : « Ah non, tout de même, vous n'allez pas le pendre pour un petit viol de rien du tout ! »

Arles. Le taxi qui m'ammène de l'aéroport de Nîmes emprunte un itinéraire assez inattendu. Le chauffeur m'explique : « Je prends cette route parce qu'elle est moins trafiquée que l'autre. »

Arles. Le plombier n'en finit pas d'installer ma chaudière. Comme je fais allusion à ses retards et atermoiements, il explique à l'homme du Nord que je suis : « Chez nous en Provence, le travail, nous l'aimons, mais nous le respectons. Nous ne nous jetons pas dessus comme des sauvages. »

Devant des jeunes lycéens, j'évoque le thème de l'île déserte dans mon *Vendredi*. Je dis : aujourd'hui, les gens sont devenus trop nombreux, il n'y a plus d'îles désertes. Dès lors qu'il y a des sources d'eau douce, une île est habitée. Évidemment sans eau, aucune vie n'est possible.

Aussitôt un petit lève le doigt. Il m'explique qu'il est originaire de Pantelleria, une petite île italienne située à mi-chemin de la Sicile et de la côte tunisienne. Or ses 9 000 habitants n'ont d'eau que celle qu'apportent des bateaux-citernes venus de Sicile.

Jean Carmet joue le rôle principal dans l'adaptation-télé de mon histoire *L'aire du muguet*. Il raconte que, alors qu'il tournait l'adaptation du roman du pseudo Émile Ajar, *Gros-Câlin*, une scène donnait du souci au réalisateur. Carmet devait descendre les Champs-Élysées avec un énorme boa autour du cou. On craignait soit une panique du public, soit au contraire la formation d'un attroupement. On tourne. Une camionnette s'arrête et un assistant en sort le fameux boa qu'on installe autour du cou de Carmet. Et Carmet entreprend de marcher sur le trottoir, filmé de très loin par un caméraman invisible. Or personne ne semble remarquer cet étrange piéton. Si pourtant ! Une vieille dame s'approche de lui. Elle l'arrête. « Faites attention, lui dit-elle, le lacet de votre chaussure est défait ».

Les deux étonnantes aventures de Daniderff (1878-1943). Ce compositeur de chansons populaires s'appelait Fernand Niquet, mais il s'était fabriqué le pseudonyme de Daniderff, parce que les Russes étaient alors à la mode. C'est bien ce que confirma la première aventure qui lui advint en 1911. Le grand, l'immense Igor Stravinski crée en France son célèbre ballet *Petrouchka*. Or dès le début, l'orchestre fait brusquement silence et on entend un instrument solo jouer la mélodie d'un air populaire. On reconnaît « *Elle avait une jambe de bois et pour que çà ne se voit pas, elle avait mis par en dessous une rondelle de caoutchouc.* » C'est surtout Daniderff qui reconnaît l'une de ses compositions les plus fredonnées dans les rues. Il menace Stravinski et l'oblige à lui versez des droits.

Les années passent. En 1936, Chaplin sort son fameux film *Les Temps modernes*. À la fin, Chaplin fait une sorte de numéro de chant dans un café. Et que chante-t-il ? « *Je cherche après Titine, Titine oh ! Titine.* » C'était encore du Daniderff, et Chaplin dut comme Stravinski s'incliner. Mais un obscur petit chansonnier populaire pouvait-il rêver plus grande gloire que d'être plagié successivement par Igor Stravinski et Charlie Chaplin ?

J'apprends que J.-S. Bach a introduit l'usage du pouce chez les clavecinistes et les pianistes. Avant lui on ne jouait qu'avec quatre doigts.

L'informaticien regarde sur un écran le fonctionnement de son propre cerveau. Ordinateur = miroir. Alors que l'écran de la télévision reflète le monde extérieur.

Visite de Tatiana Rouzeaud avec son mari. C'est la petite-fille de Raspoutine. Elle m'avait écrit en 1970 lors de la parution du *Roi des Aulnes* qui est dédié à la mémoire de Raspoutine. Elle est née en 1920 à Vladivostok alors que ses parents cherchaient à fuir la Russie en plein chaos. Sa mère s'est fixée aux USA. Son mari est cheminot en retraite. Ils ont des enfants. Ils ne possèdent aucun souvenir du staretz. Je lui raconte que chez Plon où j'avais un bureau j'avais parfois la visite du prince Ioussoupov qui avait publié ses mémoires dans la maison. Il aurait pu les intituler *Comment j'ai assassiné Raspoutine*. L'antipathie du personnage me poussa à approfondir le cas Raspoutine et à m'apercevoir qu'il avait combattu pour sauver la paix en 1914 et avait été éliminé par le parti de la guerre. Son rôle « phorique » vis-à-vis du tsarévitch malade me conduisit à en faire l'une des figures tutélaires du roman.

Mon père, Alphonse, est né le 11 décembre 1890 et mort le 14 mai 1966, soit soixante-quinze ans, cinq mois et trois jours plus tard. Étant né moi-même le 19 décembre 1924, j'ai dépassé sa durée de vie le 22 mai 2000.

Travaillant à un roman, je traite mon cerveau comme un chien. Écrivant *Éléazar*, je lui mets Moïse sous le museau, et je lui dis : « Cherche, cherche ! Trouve Moïse ! » Au bout de six mois il me rapporte Moïse. Ça s'appelle « la source et le buisson ». Plus tard je lui mets un cobra sous le nez et je lui dis : « Cherche, cherche le secret du serpent ! » Deux mois plus tard, il me rapporte la paupière, chiffre du serpent.

À la TV un éleveur de moutons explique qu'il adore la lecture et a rempli sa bergerie de bouquins. Mais il est demeuré un autodidacte. Entre l'autodidacte et celui qui a fait des études normales, il pose la différence suivante : l'autodidacte n'a appris que ce qu'il aimait. Sa culture est limitée par sa propre personnalité. Au contraire celui qui a fait des études régulières est obligé de tout apprendre. Son avantage est énorme parce qu'il n'y a rien de plus enrichissant que de devoir acquérir des connaissances qui vous sont *a priori* indifférentes, voire antipathiques.

Le propos est d'une justesse surprenante. Je me reproche amèrement d'avoir « fait l'impasse » au collège sur les mathématiques et la physique que je détestais. Elles m'auraient immensément enrichi. À l'inverse mes années d'Europe n° 1 (1954-1958) dans ce milieu de publicistes et de journalistes dont tout me séparait m'ont fait un bien inappréciable. De même ce sont les sports pour lesquels on est le moins doué qui sont les plus hygiéniques.

Marcel Jouhandeau : *J'aime mes ennemis. Ils me lèchent les flancs avec leur langue râpeuse. C'est délicieux.*

Pour peu de temps encore, je suis sexagénaire, c'est-à-dire que j'appartiens à l'âge du sexe. Bientôt je vais être septuagénaire entrant ainsi dans l'âge du sceptre. Seules les jeunes portées à la gérontophilie « me regarderont », comme on dit à la campagne. Je sens venir le moment où, toujours prêt à dévorer les alouettes qui me tomberont toutes rôties dans le bec, je ne remuerai plus le petit doigt pour les attirer. Alors, bien sûr, elles risquent de se faire rares, mais *basta* !

Entre Noël et le jour de l'an, étrange semaine, parenthèse hors du temps, l'année passée est finie, l'année nouvelle n'a pas encore commencé. Peu s'en est fallu que je naisse dans ce curieux vide temporel. Je le regrette. Interprétation eschatologique de la « trêve des confiseurs ».

Histoire d'un vampire. Comment enfant il découvre sa vocation. Plus tard il se fait ordonner prêtre pour pouvoir à tout moment en prononçant une seule phrase métamorphoser un verre de vin en verre de sang. Qu'il boit aussitôt avidement. Peut-on tenter une interprétation religieuse du cannibalisme ? Les naufragés du fameux radeau de *La Méduse* mangent les cadavres de leurs compagnons. Naguère un avion s'étant écrasé dans les Andes, les survivants se sont également nourris des tués. Je pose la question au théologien orthodoxe Olivier Clément : quelle différence avec l'eucharistie ? Il me répond : « C'est que le cannibale mange de la viande, c'est-à-dire de la chair morte, alors que dans l'eucharistie, c'est un corps vivant qui est mangé. »

Jean Paulhan : *Les gens gagnent à être connus. Ils y gagnent en mystère.*

Le directeur des ateliers de Coubertin me téléphone. Un hélicoptère vient de déposer dans ses ateliers le saint Michel de bronze de l'abbaye du Mont-Saint-Michel pour qu'il y soit restauré. Il y a environ cent ans qu'il est exposé à une centaine de mètres de hauteur à toutes les intempéries marines. Je me précipite. On me photographie faisant des mamours à « mon » saint. Je trouve cette énorme volaille dorée en assez bon état au total. Mais il est trop petit, compte tenu de la distance où se situent les visiteurs de l'abbaye. Ils le voient à peine. Il faudrait qu'il mesure au moins dix mètres. Dans son roman *Sous le pied de l'archange,* Roger Vercel rapporte que le bout de l'épée qu'il brandit est un paratonnerre, et qu'en cas d'orage la foudre se décharge sur la statue qui s'agite alors à grand bruit.

Cheveux. La grande majorité des hommes les perdent plus ou moins vite au cours des ans. C'est affaire d'hormones masculines. Quelques-uns pourtant les gardent intacts, et cela leur donne un charme particulier assez ambigu. On sent bien qu'il y a du sexe là-dedans. L'homme mûr à la chevelure complète a quelque chose d'enfantin quels que soient son âge ou la virilité de son visage. Ou peut-être d'animal, comme si c'était non pas une chevelure, mais une toison d'ours ou de loup qu'il a sur la tête. Charme animal indiscutable, du même ordre que les yeux anormalement écartés.

Vœux de Jean Cayrol qui m'écrit : « Que l'année nouvelle te donne ta bonne encre, noire et luisante. Tes personnages m'entraînent avec tes mots de soleil et d'or. »

Cette nuit à la radio, je reconnais immédiatement l'accent bourguignon de mon vieux maître Gaston Bachelard. Il est malheureusement sans cesse interrompu par un petit crétin qui lui pose des questions insanes. Puis c'est l'annonce de fin : « Vous venez d'entendre un document de l'INA, un entretien datant de 1949 de Gaston Bachelard avec Michel Tournier. »

Grand soleil, ciel bleu. La neige apporte sa puérile féerie au paysage. Parfois un grand froissement soyeux m'apprend qu'un tapis de neige glisse du toit.

Cependant aux informations avalanche de guerres, massacres, famines, épidémies. La carapace d'égoïsme et d'inconscience qu'il nous faut pour continuer à vivre l'âme en paix! La plus petite lueur de charité ou de solidarité humaine nous tuerait immédiatement, comme si la foudre nous tombait sur le cœur.

Dans un journal, je publie un entretien imaginaire avec Daniel Defoe. Les créateurs de mythes meurent sans avoir eu connaissance de la postérité de leur œuvre. Sans doute Tirso de Molina — inventeur de Dom Juan dans *Le Trompeur de Séville* (1620) — aurait-il été très surpris en voyant son héros animé par Molière et Mozart.

Mon Daniel Defoe se récrit en prenant connaissance des « robinsonnades » issues de son roman *Robinson Crusoé* (1719), à commencer par mon *Vendredi*. « Non, non, je n'ai pas voulu cela ! » Ce fut le cri en tout cas de Gœthe devenu un notable de Weimar face à la génération romantique qui s'habillait, parlait et parfois même se suicidait sur le modèle de son *Werther*, publié cinquante ans plus tôt.

Dessin, peinture, sculpture. Le dessin se recommande par sa force et son mouvement. Plus il s'éloigne de la peinture, plus il se rapproche de la sculpture. Le dessin, c'est de la sculpture en deux dimensions. La troisième dimension est cachée dans la ligne et lui assure tout son dynamisme.

Le fait est que la plupart des grands sculpteurs ont été aussi d'admirables dessinateurs, Michel-Ange (le plafond de la chapelle Sixtine relève plus du dessin que de la peinture), Rodin, Maillol, etc.

Exiger toute la vérité, c'est faire preuve d'une présomption infinie. C'est en réalité se prendre pour Dieu. Car c'est supposer qu'on est capable de supporter toute la vérité sans faiblir, sans réagir de façon désordonnée, injuste, voire criminelle ou suicidaire. Ce qui est au-dessus des facultés humaines. Mais comment avoir la sagesse de dire : « Ne me donnez que la quantité et la qualité de vérité que je mérite » ?

EUPHORIE

Au commencement était Christophe. Ce bon géant voulait se convertir au christianisme. « Il faut que tu jeûnes, lui dit le moine auquel il s'adressa. — Moi, jeûner ? Impossible, je suis un géant. Je dois nourrir ma force, lui répondit Christophe. — Alors puisque tu es si grand et si fort, lui dit le moine, tu vas t'établir au bord du fleuve et tu transporteras sur ton dos les voyageurs qui se présenteront pour traverser. »

Christophe accomplit ce service de longues années. Un jour, il ne trouva au bord du fleuve qu'un petit enfant qui demandait le passage. Il le prit sur son épaule et entra dans le courant. Mais voici que l'enfant pesait sur lui comme une masse de plomb, tellement que le géant se trouva dans de grandes angoisses et craignit de périr. Quand il déposa enfin le petit garçon sur l'autre rive, il lui dit : « Tu m'as tant pesé que j'ai pensé avoir le monde entier sur moi. — Ne t'en étonne pas, Christophe, dit l'enfant, tu n'as pas eu seulement le monde sur ton épaule, mais celui qui a pris sur lui tout les péchés du monde, car je suis le Christ ton roi. »

Pourtant il n'y a pas que le bon porteur. Il y a celui qui porte, mais il y a celui qui emporte. Il y a celui qui sert, mais il y a celui qui enserre. Il y a le Roi des Aulnes, ogre aérien, qui arrache l'enfant à son père pour le faire mourir. À l'origine, mon roman *Le Roi des Aulnes* s'intitulait *La Phorie*, car ce n'était que de cela qu'il s'agissait.

Phorie, du grec *phorein*, porter. Eu, c'est le bonheur. Christophe porte avec bonheur, c'est un porte-bonheur, c'est un Euphore.

Pourtant *La Légende dorée* ne nous dit rien sur ce fameux fleuve que Christophe faisait franchir aux voyageurs. De quel fleuve s'agissait-il ? Du Nil, du Danube ou du Rhin ? Ou alors d'un fleuve métaphysique, je veux, dire franchissant l'en-deçà pour aller dans l'au-delà, le Styx ou l'Achéron ? Dès lors, Christophe serait l'équivalent chrétien de l'Hadès grec et du Pluton latin.

Cela donnerait un sens plus profond et même fatal à l'euphorie. La fin du voyage, c'est son but, sa finalité, mais aussi son achèvement, son point final. L'euphorie serait-elle un bonheur mortel ?

À mesure qu'il vieillit — ne faudrait-il pas dire : qu'il mûrit ? —, l'homme est de plus en plus souvent envahi par une bouffée d'euphorie. C'est l'un des charmes — et non des moindres —

du grand âge. Notamment lorsqu'il change de position la nuit dans son lit.

Il s'agit tout simplement de l'approche de la mort. Car la naissance s'accompagne d'une souffrance affreuse, non seulement pour la mère, mais pour l'enfant. Rien de plus cruel que cette insertion brutale *hic et nunc* dans l'existence. À l'inverse, la mort est provoquée par un coup de volupté d'une intensité mortelle dont la drogue et l'orgasme ne sont que de timides avant-goûts. Les mâchoires de l'espace et du temps — *hic et nunc* — s'étant brusquement desserrées, me voilà délivré de l'existence. Je m'épanouis comme une bulle dans le néant avant de disparaître en éclatant de rire.

DU MÊME AUTEUR

Au Mercure de France

LE VOL DU VAMPIRE, *notes de lecture* (Folio Essais n° 258).
LE MIROIR DES IDÉES (Folio n° 2882).
LE PIED DE LA LETTRE, *roman* (Folio n° 2881).
CÉLÉBRATIONS, *roman* (Folio n° 3431).

Aux Éditions Gallimard

JOURNAL EXTIME, (Folio n° 3994).
VENDREDI OU LES LIMBES DU PACIFIQUE, *roman* (Folio n° 959).
LE ROI DES AULNES, *roman* (Folio n° 656).
LES MÉTÉORES, *roman* (Folio n° 905).
LE VENT PARACLET, *essai* (Folio n° 1138).
LE COQ DE BRUYÈRE, *contes et récits* (Folio n° 1229).
GASPARD, MELCHIOR ET BALTHAZAR, *roman (Folio* n° 1415).
VUE DES DOS. Photographies d'Édouard Boubat.
GILLES ET JEANNE, *roman* (Folio n° 1707).
LE VAGABOND IMMOBILE. Dessins de Jean-Max Toubau.
LA GOUTTE D'OR, *roman* (Folio n° 1908).
PETITES PROSES (Folio n° 1768).
LE MÉDIANOCHE AMOUREUX, *roman* (Folio n° 2290).
ÉLÉAZAR OU LA SOURCE ET LE BUISSON, *roman* (Folio n° 3074).
LE FÉTICHISTE, coll. « Le Manteau d'Arlequin ».
LIEUX DITS (Folio n° 3699).
LES ROIS MAGES (Bibliothèque Gallimard n° 106).

Dans les collections Foliothèque et Folio Plus

VENDREDI OU LES LIMBES DU PACIFIQUE. Présentation d'Arlette Bouloumié, n° 4.

VENDREDI OU LES LIMBES DU PACIFIQUE. Dossier réalisé par Arlette Bouloumié, n° 12.

LE ROI DES AULNES. Dossier réalisé par Jean-Bernard Vray, n° 14.

Pour les jeunes

VENDREDI OU LA VIE SAUVAGE. Illustrations de Georges Lemoine. (Folio junior n° 281 ; Folio junior éd. spéciale n° 445).

VENDREDI OU LA VIE SAUVAGE. Album illustré de photographies de Pat York/Sygma.

PIERROT OU LES SECRETS DE LA NUIT. Illustrations de Daniel Bour (Enfantimages ; Folio cadet n° 205).

BARBEDOR. Illustrations de Georges Lemoine (Enfantimages ; Folio cadet n° 172).

L'AIRE DU MUGUET. Illustrations de Georges Lemoine (Folio junior n° 240).

SEPT CONTES. Illustrations de Pierre Hézard (Folio junior éd. spéciale n° 497).

LES ROIS MAGES. Illustrations de Michel Charrier (Folio junior n° 280).

QUE MA JOIE DEMEURE. Illustrations de Jean Clavenne (Enfantimages).

LES CONTES DU MÉDIANOCHE. Illustrations de Bruno Mallart (Folio junior n° 553).

LA COULEUVRINE. Illustrations de Claude Lapointe (Lecture junior ; Folio junior n° 999).

BARBEROUSSE OU LE PORTRAIT DU ROI (Foliojunior n° 1257).

Aux Éditions Belfond

LE TABOR ET LE SINAÏ. Essais sur l'art contemporain (Folio n° 2250).

Aux Éditions Complexe

RÊVES. Photographies d'Arthur Tress.

Aux Éditions Denoël

MIROIRS. Photographies d'Édouard Boubat.

Aux Éditions Herscher

MORT ET RÉSURRECTION DE DIETER APPELT.

Aux Éditions Le Chêne-Hachette

DES CLEFS ET DES SERRURES. Images et proses.

Photocomposition CMB Graphic
44800 Saint-Herblain
Impression LIBERDUPLEX
à Barcelone, le 20 janvier 2004.
Dépot légal : janvier 2004

ISBN 2-07-042937-8./Imprimé en Espagne.

123049